两千年以来，我们只是在重复《古诗十九首》里一样的心事。

文温以丽，意悲而远。惊心动魄，可谓几乎一字千金。

——钟嵘《诗品》

　　"良农不为水旱不耕，良贾不为折阅不市，士君子不为贫穷怠乎道"（《荀子·修身》），就是英雄气概，就惊心动魄。在残酷的生活里不动声色地守住些什么，这样的故事里都有惊心动魄的英雄气概。

古诗十九首

十九日谈

《古诗十九首》里的生活与英雄

杨无锐 著

刘鑫 绘

天津出版传媒集团

天津人民出版社

图书在版编目(CIP)数据

十九日谈：《古诗十九首》里的生活与英雄 / 杨无
锐著；刘鑫绘. -- 天津：天津人民出版社，2021.2(2024.11 重印)
ISBN 978-7-201-16643-8

Ⅰ.①十… Ⅱ.①杨… ②刘… Ⅲ.①古典诗歌–诗
歌研究–中国 Ⅳ.①I207.22

中国版本图书馆 CIP 数据核字(2020)第 220005 号

十九日谈：《古诗十九首》里的生活与英雄

SHIJIURITAN : GUSHISHIJIUSHOU LIDE SHENGHUO YU YINGXIONG

出　　版	天津人民出版社
出 版 人	刘锦泉
地　　址	天津市和平区西康路 35 号康岳大厦
邮政编码	300051
邮购电话	(022)23332469
电子信箱	reader@tjrmcbs.com

责任编辑	伍绍东
装帧设计	汤　磊

印　　刷	天津市银博印刷集团有限公司
经　　销	新华书店
开　　本	880 毫米×1230 毫米　1/32
印　　张	11
字　　数	200 千字
版次印次	2021 年 2 月第 1 版　2024 年 11 月第 4 次印刷
定　　价	68.00 元

目录

序 *1*

《古诗十九首》历代评论 *21*

一、行行重行行 *29*

二、青青河畔草 *49*

三、青青陵上柏 *75*

四、今日良宴会 *93*

五、西北有高楼 *109*

六、涉江采芙蓉 *129*

七、明月皎夜光 *143*

八、冉冉孤生竹 *157*

九、庭中有奇树 *169*

十、迢迢牵牛星　　185

十一、回车驾言迈　203

十二、东城高且长　217

十三、驱车上东门　235

十四、去者日以疏　247

十五、生年不满百　259

十六、凛凛岁云暮　285

十七、孟冬寒气至　303

十八、客从远方来　321

十九、明月何皎皎　333

序

一

现代读者或许会偶尔翻开一部名为《文选》的古书。目录里，他会读到几行字：

〇第二十九卷

〇诗己

〇杂诗上

〇古诗十九首

天监十四年(515)至普通初年(520)，梁武帝太子萧统遍览周秦以来诗文，在东宫学士襄助之下，辑成文选三十卷(自唐初李善起，析为六十卷)，史称《昭明文选》。

《文选》收录历代佳作，分赋、诗、骚、杂文四大类。首赋，次诗，继骚，终文。诗，又依内容和使用情境，分补亡、述德、劝励、献诗、公谦、祖饯、咏史、百一、游仙、招隐、游览、咏怀、哀伤、赠答、行旅、军戌、郊庙、乐府、挽歌、杂歌、杂诗、杂拟二十二类。前二十类，基本涵盖了一名南朝庙堂文士所能遇见的各种写作情境。其中所收，大抵为来历清晰的名家名篇。"杂诗"所收，则是溢出通常使用情境之外的作品。它们往往既不能用于庙堂，也与军旅、行役、社交关系不大。它们是诗，但不是那种有明确使用情境的诗。是故名曰"杂诗"。

"古诗十九首"，是《文选》"杂诗"类的第一组。这个名号，或许得之于昭明太子萧统，或许得之于萧统身边的某位文士。他们是汉语史上最早使用"古诗十九首"这个名号的人。自此以后，人们渐渐习惯这个说法，也渐渐习惯把这十九首诗视为与众不同的独立存在。

现代读者提到"古诗"，通常只是现代时间上的今古之别：徐志摩的诗属于今诗，杜甫的诗属于古诗。萧统和他的朋友们或许不这么想。当他们谈到"古诗"的时候，除了是说一首诗的时间古早，还指出了诗的"匿名性"。他们所谓的"古诗"，不只指古人写的诗，还指不知哪位古人写的诗。

《文选》"杂诗"类，始于《古诗十九首》。其次的七首，作者题为"李陵""苏武"。接下去，是张衡、王粲、刘桢、曹丕、曹植……这说明，编者把"十九首"视为比西汉的李陵、苏武更古早的作品。当然，在后世读者

看来，那几首题为"李陵""苏武"的诗，作者归属也颇为可疑。它们可以同"十九首"一起，算作匿名的"古诗"。萧统和他的朋友们相信，这些诗的时代要比张衡、王粲、曹植更早。汉语诗史上，张衡、王粲、曹植等人，是五言诗的第一批伟大作者。但远在他们之前，汉语诗史已经出现了很多匿名的伟大诗篇。《古诗十九首》就是代表。

《古诗十九首》作者不详，题目阙如。后世读者只能以首句标记全篇，如"行行重行行"为《古诗十九首》其一、"青青河畔草"为《古诗十九首》其二……今天的读者，可以在《古诗十九首》之外读到很多与之风格相近的作品。所有这些诗篇，都是汉语五言诗的早期杰作。为何偏偏是这《古诗十九首》别为一组，至今成谜。有学者猜测，中古时期，"十九"是个有吉祥寓意的神秘数字。《文选》编者，或许只是为了凑足这个讨人喜欢的数字。当然，这只是猜测。

与《文选》同时或更早，很多伟大读者注意到这组匿名诗篇。西晋的陆机，曾作"拟行行重行行"等十四篇。每篇抽取原作意象、情境，演绎出一首新诗。这个做法，很像书家的临帖，在对范本的研习追随中，求得自家风貌。

南朝齐梁间，钟嵘、刘勰都提到这组神秘的古诗，及其诗史意义。钟嵘说：

> 古诗，其源出于《国风》。陆机所拟十四首，文温以丽，意悲而远。惊心动魄，可谓几乎一字千金。其外《去者日以疏》四十五首，虽多哀怨，颇为总杂。旧疑建安中曹王所制。《客从远方来》《橘柚垂华实》，亦为惊绝矣。人代冥灭，清音独远，悲夫。

看来,钟嵘读到的古诗,远不止十九首。但他断定,众多佳作中,陆机追摹的那十四首尤其杰出。他的评价是"惊心动魄,一字千金"。钟嵘没有"十九首"的概念。但后代读者通常把他的话视为对"十九首"的定论。

刘勰也在《文心雕龙》里提到古诗:

> 古诗佳丽,或称枚叔,其《孤竹》一篇,则傅毅之词。比采而推,两汉之作乎?观其结体散文,直而不野,婉转附物,怊怅切情,实五言之冠冕也。

关于古诗作者,钟嵘、刘勰知道一些不甚确切的传闻。比如有人说,古诗大多为汉初枚乘所作。还有人说,其中某篇为东汉傅毅所作,又有某某篇出自曹植之手。无论钟嵘还是刘勰,都不愿太过深究。他们看重的,是诗本身。这是一组足够伟大而不需要攀附作者的诗。刘勰称它们为"五言之冠冕"。意思是,它们是汉语五言诗的源头,更是汉语五言诗的至高荣耀。钟嵘、刘勰都不是"进化论者"。在他们眼里,诗,不会因其古老而显得低级。

陆机、钟嵘、刘勰、萧统之后,古诗成了汉语五言诗的公认典范。萧统选定的那"十九首",更是其中的代表。唐代以降,读者们早已习惯把"十九首"作为一个整体接受下来。汉语诗史上,《古诗十九首》成了《诗经》《楚辞》之后又一必读原典。唐宋明清诸多诗话,凡谈诗者,必自《诗经》起,凡谈五言诗者,必自《古诗十九首》起。《古诗十九首》,早已不只

是十九首诗。它已成为汉语的基本教养。

现代汉语世界,《古诗十九首》不再是必读原典,不再是必备教养。或许只是在大学中文系,才有人谈论它。

若干年前,游国恩先生主持编写的《中国文学史》通行全国。那个年代,大学者这样评判古人:"今存无名氏《古诗十九首》是东汉文人五言诗的代表作品。它们的基本内容反映了没落时期剥削阶级的思想情绪。它们是汉末黑暗动乱社会中一般下层文士毫无出路的痛苦呻吟,反映了汉末尖锐的阶级矛盾。"

二十多年前,我在南开的阶梯教室听叶嘉莹先生讲《古诗十九首》。素朴的诗句、舒缓的语调、优雅的仪态、颠沛的人生交相映射,举座动容,至今难忘。

十多年前,我在书店翻阅某教授著作,洋洋四十万言,断定《古诗十九首》为曹植所作。其引用之渊博、论证之荒唐、意趣之琐屑,可敬、可悲、可笑。

十几年来,我在大学中文系讲授《古诗十九首》。期末试卷,必有"简论《古诗十九首》的艺术特色"之类大题。我的学生敷衍满纸,言不及义。可叹,可怜。

二

本书的目的,是为读者提供一种私人阅读的尝试,或者说,展示一种私人阅读的可能性。

这是一份《古诗十九首》的私人阅读笔记。每首诗配有:

诗脉:我参考李善以来的历代注释,对语词、单句、意脉做了疏通串讲。对一些段落的理解,或与传统注家不同。

诗旨:选了清人张庚(《古诗十九首解》)、姜任修(《古诗十九首绎》)对诗旨的解说。他们对诗的理解,代表了古代读者的一般看法。有些说法,或许会让现代读者感到隔膜,但却未必没有道理。至少,在现代读者只能读到爱情的地方,古人能够读出更多东西。

和诗:西晋陆机有"拟古"十四首(现存十二首)。我把其中的十一首,附于同题的"十九首"之后。此类拟古写作,犹如书法中的临帖。高手临帖,既传原作之神采,又抒一己之性情。临帖本身,就是创造性的阅读。读大师的拟作,就是向大师学习阅读。

外传:这是十九篇札记。从去年冬天到今年春天,我集中精神重读《古诗十九首》,记下联想、思考、感受。如果换个时间重读,可能会有完全不同的联想、思考、感受。但阅读就是这样。每次阅读都是独一无二的。我想原封不动把这独一无二的阅读记下来。因为它们是从《古诗十九首》里生长出来的。它们记录着一个现代心灵与古典之间的关系。"外传"这个说法,来自《韩诗外传》。那是一部汉人解读《诗经》的古书。那部书解读《诗经》,不是用训诂,而是用故事。一首诗,或诗中的某一句,一旦嵌进一个故事,意味立刻丰盈起来。我喜欢读《韩诗外传》,读《古诗十九首》时,也总是想到一个又一个故事。我觉得,诗和故事,可以彼此照亮。于是,我把它们记下来。它们是我进入《古诗十九首》的通道,或许也可以成为某位陌生读者的通道。

诗可以兴:这是十九首用现代汉语写成的诗,是我过去几年的习作。每首诗的灵感,都来自某部经典,有的就直接来自《古诗十九首》。把这些习作放在这里,不是因为写得好,而是因为它们记录了那些"不

得不写"的激动瞬间。孔子说"诗可以兴"。"兴",是阅读能够给人的最好馈赠。一个读诗的人,忽然觉得心里有某种东西醒过来,他不能再停留于被动阅读,他想要和他读的东西对话,向它们致敬。因为他从它们那里获得了苏醒感。于是就有了那些"不得不写"的瞬间。"诗可以兴"的意思是说,一首好诗,一次投入的阅读,理应让人抵达这样的瞬间。

本书的副标题是《古诗十九首》里的生活与英雄"。有些现代读者从《古诗十九首》里读到的是爱情、乡愁、享乐。有些古代读者从爱情、乡愁、享乐的背后读出君臣际遇、德性、操守。每位认真的读者都尽了自己的努力。为了理解一首诗,他们会把诗与自己最刻骨的体验、最重大的关切联系起来。现代人从爱情中看到爱情,古代人从爱情中看到政治,都在情理之中。我从《古诗十九首》里读到的,是一位又一位不知名的兄弟,在各自的生活里坚守着人的样子。我把这种坚守称为"英雄气概"。"英雄气概"不只属于传奇故事里的喋血英雄。所有在日常生活里捍卫日子、守住人的样子的人,也是英雄。我在《古诗十九首》里遇见的,就是这样的英雄。我不知道我的理解是否正确。在阅读这件事上,谈论"正确",意义不大。我只知道,我尽了我的努力。

三

我是一名大学教师。但本书并非大学中文系的文学史讲义。据我观察,当代大学中文系仍然有人"讲"诗,但已几乎没人"读"诗。

老师"讲"诗,逢到时事背景、作者八卦,每每逸兴遄飞。学生"听"诗,也听得兴高采烈。待到时事聊完,八卦耗尽,老师收拾表情、平复语调,照讲义念出"思想内涵""艺术特色"若干条,学生奋笔疾书、郑重记下，以备期末。就这样，诗"讲"完了，"学"完了。

如此"讲"法，特别适合太白、子美、东坡。不是因为他们的诗好，而是因为他们八卦够多，填满三五节课，不成问题。这样的"讲"法，最怕遇到"匿名"的诗。既曰"匿名"，便无作者、时代可谈，便无八卦可以填充时间。逢到这样的诗，老师胆怯，学生心烦，因为，必须面对诗本身了，必须读诗了。可是，没了时事八卦，该如何读诗？没了时事八卦，诗有什么好读的？于是，师生默契，草草记下几条"艺术特色"，直奔下一章的时事八卦去也。

读书十年，教书十几年，二十多年来，我所亲历的大学文学课堂，大抵如此。谈不上谁的错。这是一种顺应时代潮流的大学课堂。人们常把"知识"当成"教养"的同义语。似乎，一个受过学校知识训练的人就顺理成章地拥有教养。似乎，在课堂上饱听八卦、记满三页"艺术特色"的人，正在获得文学教养。这当然是误会。荀子区分过"知识"与"教养"：

> 君子之学也，入乎耳，著乎心，布乎四体，形乎动静。端而言，蝡而动，一可以为法则。小人之学也，入乎耳，出乎口；口耳之间，则四寸耳，曷足以美七尺之躯哉！古之学者为己，今之学者为人。君子之学也，以美其身；小人之学也，以为禽犊。（《劝学》）

"教养"，是人的变化、提升。丧失了"教养"的"知识"，是人的表演、卖弄。对荀子这样的古人而言，诗，如若不能关乎教养，学诗就毫无意义。所以，在古典语境里，"诗"总与"教养"相连。古人称之为"诗教"。

以"诗"为"教",是汉语的伟大传统之一。构成汉语"诗教"之基石的,正是一批伟大的"匿名诗"。滋养汉语数千年的"诗三百",大半为"匿名诗"。《风》《雅》之中有若干首留下了作者名号,但后世对这些作者所知甚少,因此也可以算作准匿名。匿名意味着,没有八卦可谈,读诗者必须和诗赤诚相见。读诗者要靠自己的生命经验进入诗中的生命经验,要借助诗中的生命经验提撕自己的生命经验。

所谓孔门诗教,指的就是这种生命经验的交换:

子贡曰:"贫而无谄,富而无骄,何如?"子曰:"可也。未若贫而乐,富而好礼者也。"子贡曰:"《诗》云:如切如磋,如琢如磨。其斯之谓与?"子曰:"赐也,始可与言诗已矣!告诸往而知来者。"(《论语·学而》)

子夏问曰:"巧笑倩兮,美目盼兮,素以为绚兮。何谓也?"子曰:"绘事后素。"曰:"礼后乎?"子曰:"起予者商也!始可与言诗已矣。"(《论语·八佾》)

子贡和子夏向孔子问诗。他们困惑的,当然不是诗的词句训诂,或其他外部信息。他们操心的,是怎样让诗在自己的心灵中发生作用。当某句诗和某种德性实践建立了关联,真正的阅读就发生了。这种阅读,不是知识的获取,而是生活的启示。唯有抵达这样的时刻,孔子才说,赐也、商也"始可与言诗已矣"。子贡、子夏成了够格的读者,因为他们被诗激发了,由诗兴起了。

> 子曰:"小子! 何莫学夫诗? 诗,可以兴,可以观,可以群,可以怨。迩之事父,远之事君。多识于鸟兽草木之名。"(《论语·阳货》)

孔门诗教,首要之事,是"兴"。"兴",是灵魂的振奋,只能发生在独一无二的灵魂之中,只能通过独一无二的灵魂的努力来实现。

按照今天的文学史意见,到了汉代,人们把《诗经》变成一种近乎教条的政治读本。直接的证据,是《毛诗》里那些动辄把诗与政治牵扯到一起的《小序》,以及那篇著名的《大序》。《大序》告诉读者,风、雅、颂无不与政治有关。有些诗,昭显了王道德政;有些诗,让人知道何为败坏:

> 诗者,志之所之也,在心为志,发言为诗。情动于中而形于言,言之不足故嗟叹之,嗟叹之不足故永歌之,永歌之不足,不知手之舞之足之蹈之也。

> 情发于声,声成文谓之音。治世之音安以乐,其政和;乱世之音怨以怒,其政乖;亡国之音哀以思,其民困。故正得失,动天地,感鬼神,莫近于诗。先王以是经夫妇,成孝敬,厚人伦,美教化,移风俗。

> 故诗有六义焉:一曰风,二曰赋,三曰比,四曰兴,五曰雅,六曰颂。上以风化下,下以风刺上。主文而谲谏,言之者无罪,闻之者足以戒,故曰风。至于王道衰,礼义废,政教失,国异政,家殊俗,而"变风""变雅"作矣。国史明乎得失之迹,伤人伦之废,哀刑

政之苛,吟咏情性,以风其上,达于事变而怀其旧俗者也。

从现在的材料看,汉代"诗教",无论《毛诗》,还是大多散佚的"齐""鲁""韩"诸家,都习惯把诗与春秋政治联系到一起。至于某诗应与某事相连,各家说法不必一致。现代学者断言,这样解释,就把"诗三百"变成了政治史的注脚,就让诗丧失了文学性。我不这么看。

齐鲁韩毛四家诗,并不承诺向读者提供关于"诗"是什么的理论。诸家说诗,只是要为听者、读者提供一份可以与诗发生关联的读本。而汉代的"诗教",主要教育对象,是皇家贵族和意在从政的士人。好的诗教,必须帮助这些读者把自己的生命体验与"诗三百"中的生命体验勾连打通。对于身负政治责任的贵族和士人而言,最重大的生命体验当然总是与政治生活有关。于是,说诗的大师们,便时时刻刻提醒他们:看似只是歌唱日常生活的诗句,其实可以帮助他们理解政治史上那些性命攸关的时刻。比如著名的《秦风·蒹葭》:

蒹葭苍苍,白露为霜。所谓伊人,在水一方。

在现代学者、读者看来,这首诗只能是说恋人对恋人的思慕,除此之外别无可能。"毛序"却说:

刺襄公也。未能用周礼,将无以固其国焉。

"毛序"建议读者,把诗中的思慕之情,同身处恶政的人们对美好时代的怀恋联系起来。东汉末的郑玄把"毛序"的意思申说得格外清楚：

> 秦处周之旧土，其人被周之德教日久矣。今襄公新为诸侯，
> 未习周之礼法，故国人未服焉。

郑玄的意思是说：秦地本为周天子故居。秦襄公变周礼为秦法，周地遗民怀念旧俗，不服新政。对时代的不满、对往昔的眷恋，化为这首一唱三叹的歌。字面上，"所谓伊人，在水一方"当然更近于男女间之思慕。这根本无须饶舌。伟大的说诗人不必重申字面之义，他们担心的，恰恰是读者停留于字面之义。所以，他们提醒读者，男女之思慕与对良善生活的思慕，其实相通。对于身负政治责任的贵族和士人而言，领会这种"相通"，实在无比重要。领会了这种"相通"，他才可能领会自己的责任。领会了责任，他才可能把自己提撕为"士大夫"，而不再只是懵懂的学童。这就是"诗教"。"诗教"的目的，不是向只关心爱情的青年提供几句关于爱情的清甜句子。

宋代的读书人喜欢质疑"毛序"。最著名的质疑者，是朱熹。他对"毛序"最不满的地方，是动辄把诗与某件政事牵扯到一起。为了摆脱"毛序"的误导，他编了一部《诗集传》。从此，汉语的读诗者，或尊毛，或尊朱，彼此攻讦，势同水火。其实，尽管在具体作品的解释上互有出入，在最根本的问题上，朱熹、毛公完全一致：他们都在捍卫"诗可以兴"的诗教传统。

且看《朱子语类》里的教诲：

诗，如今恁地注解了，自是分晓，易理会。但须是沉潜讽诵，玩味义理，咀嚼滋味，方有所益。若只草草看过，一部《诗》只两三日可了。但不得滋味，也记不得，全不济事。古人说"诗可以兴"，须是读了有兴起处，方是读诗。若不能兴起，便不是读诗。

问学者："诵诗，每篇诵得几遍？"曰："也不曾记得，只觉得熟便止。"曰："便是不得。须是读熟了，文义都晓得了，涵泳取读百来遍，方见得那好处，那好处方出，方见得精怪。见公每日说得来干燥，元来不曾熟读。若读到精熟时，意思自说不得。如人下种子，既下得种了，须是讨水去灌溉他，讨粪去培拥他，与他耘锄，方是下工夫养他处。今却只下得个种子了便休，都无耘治培养工夫。如人相见，才见了，便散去，都不曾交一谈，如此何益。所以意思都不生，与自家都不相入，都恁地干燥。这个贪多不得。读得这一篇，恨不得常读熟此篇，如无那第二篇方好。而今只是贪多，读第一篇了，便要读第二篇；读第二篇了，便要读第三篇。恁地不成读书，此便是大不敬（此句厉声说）。须是杀了那走作底心，方可读书。"

先生问林武子："看诗何处？"曰："至大雅。"大声曰："公前日方看《节南山》，如何恁地快！恁地不得！而今人看文字，敏底一揭开板便晓，但于意味却不曾得。便只管看时，也只是恁地。但百遍自是强五十遍时，二百遍自是强一百遍时。'题彼脊令，载飞载鸣。我日斯迈，而月斯征。夙兴夜寐，毋忝尔所生。'这个看时，也只是恁地，但里面意思却有说不得底。解不得底意思，却在说不得底里面。"

在读诗这件事上，孔子是位严厉的老师，朱子也是。他们严厉，因为他们知道阅读不是一件可以在众声喧哗中草草完成的事情。他们知道，为了一首诗、一句话，人得付出多少努力。"兴起""滋味""下种""灌溉""培拥""耘锄""说不得底意思"……朱子无非是要告诉弟子们，诗不是知识，而是教养。如果读诗不能让读者的心灵发生变化，那所谓的诗和阅读，就毫无意义。

无论孔子、汉儒还是朱熹，都相信"诗三百"里那些匿名的诗拥有提撕人心的力量。好的阅读，就是让那力量在自己身上发生作用。坏的阅读，就是逃避那力量。借用朱子的说法，坏的阅读，就是一颗"走作底心"奔来跑去。好的阅读，"须是杀了那走作底心"。

反观现代大学文学课堂，满屋子"走作底心"。

四

汉语"诗教"传统的基石，是"诗三百"里那些匿名的、准匿名的诗。"古诗十九首"同样是匿名的诗。《文选》之后，它也成为汉语"诗教"传统的一部分。这意味着，孔门、汉儒、朱熹提示的读诗之法，对它同样适用：杀了走作底心；下种、讨水、灌溉；让自己的生命经验与诗接通，被诗唤醒。

这种读诗之法，属于汉语"诗教"传统，但绝不仅仅属于汉语。19世纪的尼采，曾经怀念现代西方正在失落的"慢读"传统：

我过去是一个语文学家，也许现在还是一个语文学家，也就是说，一个慢读教师，这并不是没有意义的：结果我的写作也是缓慢的。每写下一行字都让"忙人"者流感到一次绝望，现在这不仅成了我的习惯，而且也成了我的爱好——也许一种恶毒的爱好？语文学是一门让人尊敬的艺术，要求其崇拜者最重要的：走到一边，闲下来，静下来和慢下来——它是词的金器制作术和金器鉴赏术，需要小心翼翼和一丝不苟地工作；如果不能缓慢地取得什么东西，它就不能取得任何东西。但也正因为如此，它在今天比在任何其他时候都更为不可或缺；在一个"工作"的时代，在一个匆忙、琐碎和让人喘不过气来的时代，在一个想要一下子"干掉一件事情"、干掉每一本新的和旧的著作的时代，这样一种艺术对我们来说不啻沙漠中的清泉，甘美异常。——这种艺术并不在任何事情上立竿见影，但它教我们以好的阅读，即缓慢地、深入地、有保留和小心地，带着各种敞开大门的隐秘思想，以灵敏的手指和眼睛，阅读——我耐心的朋友，本书需要的只是完美的读者和语文学家：跟我学习好的阅读！（尼采《朝霞》，田立年译，华东师范大学出版社，2007年，第40页）

尼采早就意识到，这种"慢读"传统很难在现代大学里存活。这样的阅读，只能是某个读者的个人选择，只能是他对自己的自我教育。正因如此，我必须再三强调，这是一本关于《古诗十九首》的私人阅读笔记。所谓"私人阅读"，不是说这样的阅读与他人无关，而是强调，它首先与自己相关。

大约 2016 年，好友伍绍东邀我写一本关于汉语古诗的通俗读物。绍东担心，"通俗"这个词会让我失了写作的兴致。我说，谈诗的书只分两种：引人入诗的、拒人于诗外的。至于"通俗"抑或"严肃"，是一对无效标签。说诗者的唯一职分，是引读者进入诗世界。前提是，他自己有能力进入那个世界。我不知自己是否还有这个能力。

此后的几年，我几次重读《古诗十九首》，想要实践尼采所说的那种"慢读"，想看看自己是否还能由诗"兴起"。结果是，无论如何也杀不住一颗"走作底心"。唯一的收获，是随手记下一点笔记。

2020 年 1 月，一场疫情把整个国家和世界拖入一种非常态的生活。我和身边的亲友，每天活在焦躁之中。没有社交，足不出户，每天只能活在手机屏幕里。这个时候，经典上说的"邻人"变得格外抽象。大家天涯若比邻地亲近，咫尺若天涯地陌生。每个邻人都尽量平和、温煦，又都很容易受伤、愤怒，我也是。至于生活的变化，其实不大。惯于歌颂的依旧歌颂，惯于愤怒的依旧愤怒，惯于在养生药和偶像剧里狂欢的，依旧狂欢。除了操心它们谈论它们，日子里还有什么呢？

这样的日子，忽然想起《古诗十九首》。

《古诗十九首》里没有一个字提及灾难，只讲日常生活。就算是生离死别，诗人们也把它纳入平静绵延的日常生活。仿佛生离死别并非什么大事，只是日常生活的一部分。要紧的是生活的平静绵延，唯有在平静绵延之中，生离死别才有意义，才可以被理解。我忽然意识到，《古诗十九首》的伟大，正在于对日常生活的捍卫。《行行重行行》里，一位苦苦等待良人的女子，在极度的思念之后，决定"努力加餐饭"。《青青

河畔草》里，一位被命运戏弄、被男人遗弃的少妇，决定在一个春日，登楼、开窗，眺望满园春色。《东城高且长》里，一位漂泊都市孤苦奋斗的男子，渴望一场放纵，当他遇见一个美丽的女子，重又唤起对爱的渴欲。这些诗，看似题材各异，实则无不展现一种心灵秩序：人不能只活在愁苦怨怼里，不能用他人的暴虐糟蹋自己，不能只哭泣不唱歌，不能只放纵不忍耐，不能只相噬不相爱。正是这种心灵秩序，让生活成其为生活。捍卫日常生活，便是捍卫这种秩序。日常生活，平庸琐屑。捍卫它，却需要不凡的勇气。

灾难和暴政的邪恶之处，就在于剥夺人们的日常生活。剥夺日常生活的秘诀，不在于把某种新事态强加给生活，而在于腐化心灵，使之丧失秩序。丧失秩序的心灵，可能被一次牙痛或失恋毁掉，也可能被上司的一个眼神吓死，根本不必等到什么大事发生。人的心灵秩序一旦被毁，就再无能力捍卫日常生活。他的喜怒哀乐，只能随灾难浮沉，或听凭暴政安排。

古希腊神话：海上有一座塞壬岛，岛上有一个人面鱼身的海妖，她用天籁般的歌声诱惑过往的水手。英雄奥德修斯的同伴们也被塞壬的歌吸引，被她变成猪、牛之类的畜生。唯有奥德修斯，靠着强烈的回家的渴欲，才抵制住诱惑，逃离塞壬。那些屈服于塞壬之歌的水手，再也不能回家，再也不能回到日常生活。他们只能像畜生那样听从女妖摆布，直至被吞噬。回家，回到日常生活，是唯有奥德修斯才能达成的英雄壮举。

《古诗十九首》里写的那些日常生活，又何尝不是奥德修斯式的英雄壮举呢？

当自己的生活陷入某种"非常态"时,我才意识到捍卫日常生活需要何等勇气和力量。每天活在手机屏幕里,除却面包、马戏、恺撒无所用心,这样的生活并非随疫情而来,也不会随疫情而去。事实上,这种"非常态"早已成为当代生活的常态。在被面包、马戏、恺撒填满的生活里,任何一桩关于面包、马戏、恺撒的新闻或谣言,不都能激起我的恐惧、焦躁、愤懑么? 1946 年,哲学家恩斯特·卡西尔描述德国的精神状况:

> 近十二年的全部悲哀的经验可能是最为可怕的。它可以和奥德赛在塞壬岛的经历相提并论,甚至还更坏一点。塞壬女妖把奥德赛的朋友和同伴变成各种各样的动物形态。但在这里却是人,受过教育的、有知识的人,突然放弃人的最高特权的诚实而正直的人。他们不再是自由和人格的主体了。他们表演着同样规定的仪式,开始用同样的方式感觉、思维和说话。他们的姿态是强烈而狂热的,但这只是一种做作的假的生活。(恩斯特·卡西尔,《国家的神话》,范进译,华夏出版社,2003 年,第 347 页)

原来,容易被塞壬之歌诱惑的,不只有远古水手,还有现代的"受过教育的、有知识的人"。卡西尔的困惑是,这些现代绅士、公民,为何远比古代水手更容易被"魔性"俘获,被操控。而操控他们的,是粗粝的演说、报纸、广告,比起塞壬女妖的歌,不知要拙劣多少。

在遍布塞壬之歌的时代,重读捍卫日常生活的诗,这本身就是奥德修斯式的回家的努力。《古诗十九首》就是这样的诗。2020 年的春

天，我遵从朱熹、尼采的教诲，一字一句"慢读"它们。

2020 年 3 月，粉笔网刘晓夏老师邀我在公开课平台上讲讲诗。我决定，跟年轻的网友们聊聊《古诗十九首》。那是一种不同于大学课堂的，基于"慢读"的"慢聊"。于是，就有了这本书。

1348 年，意大利佛罗伦萨瘟疫流行，10 名男女在一所乡村别墅里避难。他们终日欢谈，每人每天讲一个故事，10 天讲了 100 个故事。在疫情造成的畸形时日，他们用这 100 个故事嘲谑荒唐刺穿虚妄，温习壮健的人性和正当的生活。薄伽丘把这些时日写下来，名曰《十日谈》。

读《古诗十九首》、讲《古诗十九首》的日子，我和我的朋友们也被一场疫情所困。我在《古诗十九首》里读到了 19 个日常生活的故事，19 个日常生活的神性瞬间。我觉得，这样的瞬间，也能帮助我重温壮健的人性和正当的生活。我把这些感受记下来，名曰《十九日谈》。

五

感谢好友伍绍东的热情激约和耐心等待。当年，他也同样耐心地等我写完了《其实不识字》。更要感谢的，是他的那些巧妙的督促。他是那种能够挑起你写作欲望的编辑，也是会让懒惰的作者脸红的编辑。真是妙人。

感谢好友刘鑫精心绘制的插图。阿鑫是极富探索精神的画者。我读过他的《诗经草木绘》《楚辞飞鸟绘》，也读过他为林希先生小说做的插图。每部作品的面貌都不相同。这次，为了画出《古诗十九首》的味道，他查阅了很多汉代造型元素。第一次看到画稿，我惊喜非常。画里的人物，真像是从画像砖里走出来的。读者倘若发觉这是一本无趣的

书,至少还能得到一本有趣的画册。

感谢好友丁宁抄录了《古诗十九首》全文。他那一手钟王风味的小楷,让人百看不厌。汉魏时候的读书人,或许就用这样的字读诗、写诗吧。

感谢"粉笔网"和刘晓夏老师,让我有机会通过网络跟更多朋友分享自己的阅读。

最后,感谢好友邓军海。他是唯一一个劝我且慢出书的人。为了给我题写书名,他练了很多遍,比我还着急。我写进书里的很多想法,来自他翻译的 C.S.路易斯。

六

关于《古诗十九首》,迄今为止最好的读本,仍是隋树森先生 1935 年编的《古诗十九首集释》。当前市面上任何一种"新解""新说"都不能取代它,包括本书。

《古诗十九首》历代评论

钟嵘《诗品》:古诗,其体源出于《国风》。陆机所拟十四首,文温以丽,意悲而远。惊心动魄,可谓几乎一字千金。其外《去者日以疏》四十五首,虽多哀怨,颇为总杂。旧疑建安中曹王所制。《客从远方来》《橘柚垂华实》,亦为惊绝矣。人代冥灭,清音独远,悲夫。

刘勰《文心雕龙》:古诗佳丽,或称枚叔,其《孤竹》一篇,则傅毅之词。比采而推,两汉之作乎?观其结体散文,直而不野,婉转附物,怊怅切情,实五言之冠冕也。

皎然《诗式》:十九首辞精义炳,婉而成章,始见作用之功。

吕本中《童蒙训》:读《古诗十九首》及曹子建诗,如"明月入我牖,流光正徘徊"之类,诗皆思深远而有余意,言有尽而意无穷也。学者当以此种诗常自涵养,自然下笔不同。

蔡绦《西清诗话》:《古诗十九首》或云枚乘作,而昭明不言;李善复以其有"驱车上东门""游戏宛与洛"之句,为辞兼东都。然徐陵《玉台新咏》分"西北有浮云"以下九篇为乘作,两语皆不在其中。而"凛凛岁云暮""冉冉孤生竹"等，别列为《古诗》。则此十九首，盖非一人之辞，陵或得其实。且乘死在苏李先，若尔，则五言未必始二人也。

张戒《岁寒堂诗话》：陶渊明云："世间有乔松，于今定何闻"；此则初出于无意。曹子建云："虚无求神仙，松子久吾欺"；此语虽甚工，而意乃怨怒。古诗云："服食求神仙，多为药所误"；可谓辞不迫切，而意已独至也。

张戒《岁寒堂诗话》：《国风》云："爱而不见，搔首踟蹰"，"瞻望弗及，伫立以泣"；其词婉，其意微，不迫不露，此其所以可贵也。古诗云："馨香盈怀袖，路远莫致之。"李太白云："皓齿终不发，芳心空自持。"皆无愧于《国风》矣。

张戒《岁寒堂诗话》："萧萧马鸣，悠悠旆旌"，以"萧萧""悠悠"字，而出师整暇之情状，宛在目前；此语非惟独创始之为难，乃中的之为工也。荆轲云："风萧萧兮易水寒，壮士一去兮不复还"，自常人观之，语既不多，又无新巧，然而此二语遂能写出天地愁惨之状，极壮士赴死如归之情，此亦所谓中的也。古诗"白杨多悲风，萧萧愁杀人"，"萧萧"两字，处处可用，然惟坟墓之间，白杨悲风，尤为至切，所以为奇。乐天云："说喜不得言喜，说怨不得言怨"，乐天特得其粗尔；此句用"悲""愁"字，乃愈见其亲切处，何可少邪？诗人之工，特在一时情味，固不可预设法式也。

张戒《岁寒堂诗话》：建安陶阮以前诗，专以言志；潘陆以后诗，专以咏物。言志乃诗人之本意，咏物特诗人之余事。古诗苏李曹刘陶阮，本不期于咏物，而咏物之工，卓然天成，不可复及。其情真，其味长，其气胜，视三百篇几于无愧，凡以得诗人之本意也。

范晞文《对床夜语》：《古诗十九首》有云："冉冉孤生竹，结根泰山阿。与君为新婚，菟丝附女萝。菟丝生有时，夫妇会有宜。千里远结婚，悠悠隔山陂。思君令人老，轩车来何迟。"言妻之于夫，犹竹根之于山阿，菟丝之于女萝也，岂容使之独处而久思乎？《诗》云："葛生蒙楚，蔹蔓于野。予美亡此，谁与独处。"同此怨也。又："涉江采芙蓉，兰泽多芳草。采之欲遗谁，所思在远道。"又："庭中有奇树，绿叶发华滋。攀条折其荣，将以遗所思。馨香盈怀袖，路远莫致之。"亦犹诗人"籊籊竹竿，以钓于淇。岂不尔思，远莫致之"之词，第反其义耳。前辈谓《古诗十九首》可与《三百篇》并驱者，亦此类也。

陈绎曾《诗谱》：《古诗十九首》情真、景真、事真、意真，澄至清，发至情。

王世贞《艺苑卮言》：《风》《雅》三百，《古诗》十九，人谓无句法，非也；极自有法，无阶级可寻耳。

王世贞《艺苑卮言》：汉魏人诗语，有极得《三百篇》遗意者："胡马依北风，越鸟巢南枝"；"衣带日已缓"；"清商随风发，中曲正徘徊"；"秋蝉鸣树间，玄鸟逝安适"；"弃我如遗迹"；"盈盈一水间，脉脉不得语"；

"弦急知柱促";"去者日以疏，来者日以亲";"愁多知夜长";"著以长相思，缘以结不解";"出户独彷徨，愁思当告谁";此《国风》清婉之微旨也。

王世贞《艺苑卮言》:钟嵘言《行行重行行》十四首，文温以丽，意悲而远，惊心动魄，几乎一字千金。后并《去者日以疏》五首为十九首。八首为枚乘作。或以"洛中何郁郁""游戏宛与洛"，为咏东京;"盈盈楼上女"为犯惠帝讳。按临文不讳，如"总齐群邦"，故犯高讳，无妨。宛、洛为故周都会，但"王侯多第宅"，周世王侯，不言第宅;"两宫""双阙"，亦似东京语。意者中间杂有枚生或张衡蔡邕作，未可知。谈理不如《三百篇》，而微词婉旨，遂足并驾。是千古五言之祖。

谢榛《四溟诗话》:诗曰:"观闵既多，受侮不少。"初无意于对也。十九首云:"胡马依北风，越鸟巢南枝。"属对虽切，亦自古老。六朝惟渊明得之，若"芳草何茫茫，白杨亦萧萧"，是也。

谢榛《四溟诗话》:苏李《古诗十九首》，格古调高，句平意远，不尚难字，而自然过人矣。

谢榛《四溟诗话》:《古诗十九首》平平道出，且无用工字面，若秀才对朋友说家常话，略不作意，如"客从远方来，寄我双鲤鱼，呼童烹鲤鱼，中有尺素书"是也。及登甲科，学说官话，便作腔子，昂然非复在家之时，若陈思王"游鱼潜绿水，翔鸟薄天飞。始出严霜结，今来白露晞"是也。此作平仄妥帖，声调铿锵，诵之不免腔子出焉。魏晋诗家常话与

官话相半,迤齐梁,开口俱是官话。官话使力,家常话省力;官话勉然,家常话自然。夫学古不及,则流于浅俗矣。今之工于近体者,惟恐官话不专,腔子不大。此所以泥乎盛唐,卒不能超越魏晋而追两汉也。嗟夫。

孙鑛《文选瀹注》:三百篇后,便有十九首。宏壮、婉细、和平、险急,各极其致,而总归之浑雅,在五言中,允为方员之至。后作者虽多,总不出此范围。《诗品》谓:"惊心动魄,一字千金。"良然。

胡应麟《诗薮》:十九首及诸杂诗,随语成韵,随韵成趣;辞藻气骨,略无可寻,而兴象玲珑,意致深婉,真可以泣鬼神,动天地。

胡应麟《诗薮》:诗之难,其十九首乎。畜神奇于温厚,寓感怆于和平,意愈浅愈深,词愈近愈远。

谭元春《古诗归》:十九首无诸古诗之新矫夺目,以温和冥穆,无可甚快,在诸古诗之上,千古无异议;诸古诗亦若将安焉。此诗品也。

钟惺《古诗归》:苏李十九首与乐府微异,工拙浅深之外,别有其妙。乐府能著奇想著奥辞,而古诗以雍穆平远为贵。乐府之妙,在能使人惊;古诗之妙,在能使人思。然其情性光焰,同有一段千古常新,不可磨灭处。

陆时雍《古诗镜》:十九首近于赋而远于风,故其情可陈而其事可举也。虚者实之,纤者直之,则感寤之意微,而陈肆之用广矣。夫微而能通,婉而可讽者,风之为道美矣。

陆时雍《古诗镜》:十九首深衷浅貌,短语长情。

陆时雍《古诗镜》:凡诗深言之则浓,浅言之则淡,故浓淡别无二道。诗之妙在讬,讬则情性流而道不穷矣。风人善讬,西汉饶得此意。故言之形神俱动,流变无方。夫岂惟诗,比干之狂,虞仲之逸,一以是行之。屈原愤而死,则直槁矣。夫所谓讬者,正之不足而旁行之,直之不能而曲致之。情动于中,郁勃莫已,而势又不能自达,故讬为一意,讬为一物,讬为一境以出之,故其言直而不讦,曲而不泞也。十九首谓之风余,谓之诗母。

王夫之《薑斋诗话》:兴观群怨,诗尽于是矣。诗三百篇而下,惟十九首能然。

陈祚明《采菽堂古诗选》:十九首所以为千古至文者,以能言人同有之情也。人情莫不思得志,而得志者有几?虽处富贵,慊慊犹有不足,况贫贱乎?志不可得,而年命如流,谁不感慨?人情于所爱,莫不欲终身相守,然谁不有别离?以我之怀思,猜彼之见弃,亦其常也。夫终身相守者,不知有愁,亦复不知其乐;乍一别离,则此愁难已。逐臣弃妻与朋友阔绝,皆同此旨。故十九首唯此二意,而低回反复,人人读之,皆若伤我心者,此诗所以为性情之物。而同有之情,人人各具,则人人本自有诗也;但人有情而不能言,即能言而不能尽,故特推十九首以为至极。言

情能尽者,非尽言之之为尽也,尽言之则一览无遗;惟含蓄不尽,故反言之,乃使人足思。盖人情本曲,思心至不能自已之处,徘徊度量,常作万万不然之想。今若决绝一言则已矣,不必再思矣。故彼弃予矣,必曰亮不弃也。见无期矣,必曰终相见也。有此不自决绝之念,所以有思,所以不能已于言也。十九首善言情,惟是不使情为径直之物,而必取其宛曲者以写之,故言不尽而情则无不尽。后人不知,但谓十九首以自然为贵,乃其经营惨淡,则莫能寻之矣。

金圣叹《古诗解》:此不推为韵言之宗不可也。以锦心绣手至此,犹不屑将姓名留天地间,即此一念,愧杀予属东涂西抹多矣。夫此念乃古人锦绣根本也。

李因笃《汉诗音注》:三百篇后,定以十九首为的传箕裘,无妙不备,却又浑含蕴藉,元气盎然,在汉人中,亦朱弦而疏越矣。

王士祯《五言诗选例》:十九首之妙,如无缝天衣;后之作者,顾求之针缕襞裰之间,非愚则妄。

沈德潜《古诗源》:十九首大率逐臣弃妻,朋友阔绝,死生新故之感。中间或寓言,或显言,反覆低徊,抑扬不尽,使读者悲感无端,油然善入,此国风之遗也。

沈德潜《古诗源》:言情不尽,其情乃长,后人患在好尽耳。读十九

首,应有会心。

沈德潜《古诗源》:清和平远,不必奇辟之思,惊险之句,而汉京诗古诗,皆在其下,五言中方圆之至。

方东树《昭昧詹言》:十九首须识其天衣无缝处,一字千金惊心动魄处,冷水浇背卓然一惊处。此皆昔人甘苦论定之言。

刘熙载《艺概》:古诗十九首与苏李同一悲概,然古诗兼有豪放旷达之意,与苏李之一于委曲含蓄。有阳舒阴惨之不同。知音论世者,自能得诸言外,固不必如钟嵘《诗品》谓古诗出于《国风》、李陵出于《楚辞》也。

刘熙载《艺概》:十九首凿空乱道,读之自觉四顾踌躇,百端交集,诗至此始可谓其中有物也矣。

王国维《人间词话》:"昔为倡家女,今为荡子妇。荡子行不归,空床难独守""何不策高足,先据要路津。无为守贫贱,轗轲长苦辛。"可谓淫鄙之尤。然无视为淫词鄙词者,以其真也。

王国维《人间词话》:"生年不满百,常怀千岁忧。昼短苦夜长,何不秉烛游。""服食求神仙,多为药所误。不如饮美酒,被服纨与素。"写情如此,方为不隔。

一

行行重行行

奥德修斯渴望看见炊烟，从故乡的地面升起，盼望死去。

行行重行行

行行重行行，与君生别离。 1

相去万余里，各在天一涯。 2

道路阻且长，会面安可知。 3

胡马依北风，越鸟巢南枝。 4

相去日已远，衣带日已缓。 5

浮云蔽白日，游子不顾返。 6

思君令人老，岁月忽已晚。 7

弃捐勿复道，努力加餐饭。 8

〔诗脉〕

1.行行重行行:远行复又远行。离人总是在路上,一次又一次出发,从远处走到更远处。那个等待的人,只有一次又一次落空的等待。生别离:源自《九歌·少司命》:"悲莫悲兮生别离。"

2.天一涯:天一方。离人是家人的天涯,家人是离人的天涯。

3.道路阻且长:《秦风·蒹葭》:"蒹葭苍苍,白露为霜。所谓伊人,在水一方。溯洄从之,道阻且长。"望之似在目,求而不可得。安可知:焉可知,不可知。虽然不可知,仍抱会面的盼望。以上三句,言生离之无可奈何。

4.胡马、越鸟:代北之马依恋北风,南越之鸟栖息南枝。禽兽尚知思乡,离人也应有还家之日吧。此为一解。另一解:胡马依北,越鸟巢南,南北相反,莫往莫来,喻离人、家人之天涯悬隔。后一解言会面之无望,前一解言终不放弃会面之希望。

5.相去日已远,衣带日以缓:《古乐府歌辞》:"离家日趋远,衣带日趋缓。"缓:宽。离家之人、在家之人,尽皆憔悴。

6.浮云蔽白日,游子不顾返:浮云,奸邪之象;白日,君子之象。离人不归,恐为奸邪所惑。在夫妇,则喻夫心有他属;在君臣,则喻君厌弃忠良。夫妇之道、君臣之义本来相通。前数句乃言游子不返,此句,从游子之不返揣想游子之"不顾返",继而从"不顾返"揣想出"浮云蔽日"。

思念、等待之中，人往往瞬息千念，亦往往于人于事做最晦暗之揣想。常情如此。

7.思君令人老，岁月忽已晚：惊心动魄。思念和等待令人忘记时间。待到重又察觉时光之流逝，镜中之人已面目全非。"衣带日已缓"，是说生命在慢火煎熬中日渐消磨；"岁月忽已晚"，是说瞬间发觉生命之消磨，陡然惊心。以上四句，言生离之苦，以及由苦所生之揣想、怨叹。然即使怨叹，亦节制、隐忍，毫无疾声厉色。"衣带日以缓""思君令人老"，憔悴之象，唤起尾句之"努力加餐饭"。

8.弃捐勿复道，努力加餐饭：前文遍尝生离之无可奈何，至此，则知其无可奈何而安之若命。张庚云："努力加餐，庶几留得颜色，以冀他日会面也。"等待、思念，熬煎生命。担荷等待、思念之人，须有健旺的生命担荷熬煎。"弃捐勿复道"，弃捐的，不是等待、思念，而是此前之种种揣想、怨叹、惊心。既然唯有等待，那就健壮地等待。里尔克说："愿你自己有充分的忍耐去担当，有充分单纯的心去信仰；你将会越来越信任艰难的事物和你在众人中间感到的寂寞。以外就是让生活自然讲展。"（《给青年诗人的信》）

［诗旨］

张庚：此臣不得于君而寓意于远别离也。

姜任修：哀无怨而生离也。

拟行行重行行

陆机

悠悠行迈远,戚戚忧思深。

此思亦何思,思君徽与音。

音徽日夜离,缅邈若飞沉。

王鲔怀河岫,晨风思北林。

游子眇天末,还期不可寻。

惊飙褰反信,归云难寄音。

伫立想万里,沈忧萃我心。

揽衣有余带,循形不盈衿。

去去遗情累,安处抚清琴。

[外传]

奥德修斯离开伊萨卡那年,忒勒马克斯才刚出生。

特洛伊战争打了十年。活下来的英雄各自还乡,奥德修斯没有回来。

又过了六年,四面八方的求婚者登上伊萨卡岛。他们闯进奥德修斯的宫殿,吃喝宫殿里的酒肉,想着有朝一日带走裴奈罗佩——奥德修斯的娇妻。人人都知道,奥德修斯不会回来。

从这一年起,裴奈罗佩编织起一块宽长精美的布。她告诉追求者,这块布是要用来纪念英雄的亡夫。想要娶她的人,必须等她把这件事做完。她白天在织机前忙碌,夜里就着火把,把织物拆散。日复一日,又过去三年。十九岁的忒勒马克斯,决定只身出海,寻找父亲。

奥德修斯的母亲早已死于思念。他的老父,独自住在农庄,不再进城。老人的屋里没有床铺,没有地毯。他和奴隶们同吃同住,枕着灰堆,贴着柴火,裹着破衣。春天来了就劳作。到了秋天,就收获,然后躺在满地枯叶上,盼着儿子回家。

离开特洛伊,奥德修斯和他的伙伴们受到喀孔涅斯人的袭击。然后,他们漂流到食莲者之国。食莲人请他们吃“忘忧果”,很多伙伴就此忘了家乡。奥德修斯把他们绑在船柱,逃离这个慵懒的地方。接下来,是巨人岛、风神岛。风神送给奥德修斯一个装满风的口袋。口袋里的风把奥德修斯的船送到离伊萨卡不远的地方。奥德修斯的伙伴们疑心口袋里装满财宝,偷偷打开。失控的风又把船吹回风神岛。接下来,巨人莱斯特吕贡砸坏了奥德修斯十一条船。魔女喀耳克把奥德修斯的很多同伴们变成猪。塞壬在他们经过的地方唱起魅惑的歌。六头怪兽斯库拉吃掉了六名船员。在日神赫利俄斯牧牛的岛上,船员们吃了日神的牛。宙斯发起雷电,击碎航船,奥德修斯是唯一活下来的人。

海浪把奥德修斯冲到女神卡吕普索的岛上。女神热爱奥德修斯,想把他永远留在岛上,还许诺让他永生。但奥德修斯一心想要回到伊萨卡,拥抱妻儿,在自己的床上死去。他每天蹲坐海滩,哭泣,凝望。就这样,又过了七年。

迫于神谕,卡吕普索终于释放奥德修斯。他的木筏航行了十七天,伊萨卡的峰峦已然在望。海神波塞冬击碎木筏,海浪把奥德修斯冲到斯克里亚岛。在岛上,奥德修斯向国王讲述了十年漂流的故事,乘着国王的航船,离家二十年后,重回故乡。

小时候读荷马,只关心那些怪诞神奇的故事。心里觉着,巨人、女妖们才是真正的主角。奥德修斯,只是一条把他们串联起来的线。很多年过去,怪诞神奇的故事变得模糊。那根线,一直不能忘怀。得是多么坚韧的一根线,才能撑起二十年的还乡之路。

《伊利亚特》的主题,是成为英雄。《奥德赛》的主题,是回家,是为了回家而等待,而忍耐;是为了一个很可能回不来的人,而等待,而忍耐。英雄的奥德修斯依然到处留下英雄事迹。然而他所做的一切,不为成为英雄,只为回到平凡的家,平凡地死去:

奥德修斯渴望看见炊烟，从故乡的地面升起，盼望死去。（陈中梅译文）

为了这个平凡的渴望，他必须像个英雄那样勇猛如虎，灵巧如蛇。为了等回这个可能永不会归来的人，他的儿子、妻子，也学会了勇猛如虎，灵巧如蛇。他的老父，也在勤苦的劳作中忍耐，盼望。这是关于思念、等待、忍耐的最健壮的故事。

思念、等待、忍耐，是健壮者才配承受的苦，也是健壮者才能活出来的美。荷马的伟大，就在于讲述了那些受苦的健壮者，和他们的美。

当大家满足了吃喝的欲望。

当他们满足了吃喝的欲望。

当众人满足了吃喝的欲望。

这是荷马的套话。大战之前的英雄，面临死亡的船员，思念妻儿的丈夫，总要先把愤怒、恐惧、思念暂时搁下，抓紧机会大吃一顿。荷马让他的英雄们重视吃饭。凡写饮馔处，皆长篇大套。凡到悲伤处，必有当事人劝大家搁置悲伤，饱餐一顿。斯克里亚岛，是奥德修斯历险的最后一站。尽管前途未卜，他还是愿意为国王讲讲过去那些悲伤的故事。但在开讲之前，他要大吃一顿：

我是个有死的凡人。

凡你们认为有谁遭受过最多的不幸，

我遭受了那么多苦难堪与他相比拟。

我还可以列举更多更大的苦和难，

我忍受它们都是出于神明的意愿。

不过我虽然痛苦，还是请让我先用餐。

无论什么都不及可憎的腹中饥饿

更令人难忍，它迫使人们不得不想起，

即使他疲惫不堪，心中充满愁忧，

有如我现在尽管心里充满了愁苦，

它们仍命令我吃喝，忘却曾经忍受的

一切痛苦和不幸……（王焕生译文）

奥德修斯说饥饿可憎，这是筵席间的俏皮话。古希腊的英雄们从不鄙视身体欲望。把灵魂与身体截然分开，甚至相互仇视，那是很久之后才会出现的偏见，或曰执念。像阿喀琉斯、奥德修斯这样的古代英雄，既愿意承担光荣的命运，也乐于照料身体的欲求。身体和灵魂一点也不冲突。不只不冲突，他们相信，唯有健壮的身躯才配得上神的恩宠或惩罚。

忘了从什么时候起，我发觉《奥德赛》和《行行重行行》很像。《奥德赛》是一个健壮的故事，《行行重行行》是一首健壮的诗。它们的健壮，是在无可奈何的命运面前的健壮。《奥德赛》把这健壮讲得虎虎生风，《行行重行行》把这健壮讲得不动声色。

有时瞎想：要是把《奥德赛》排演成汉语舞台剧，我希望裴奈罗佩

在织机前吟唱《行行重行行》。那位演员的脸上,该有一种经过沧桑的柔美。但当她唱起这支歌,立刻绽放出英雄气概。

每首诗都有自己的眼睛,它要靠眼睛揭晓自己的秘密。

《奥德赛》的眼睛,是裴奈罗佩的织机,以及奥德修斯在海岛上的凝望。织机上的布,织了又拆。它告诉读者,裴奈罗佩已经准备好一场无终局的等待。奥德修斯不愿接受女神"不死"的馈赠,眼睛望向有死的故乡。它告诉读者,奥德修斯已经准备好一场死而后已的还乡。织机和凝望,正是这两个日常意象,把所有光怪陆离的故事串成一部英雄史诗:所谓英雄,就是拼尽全力重回日常生活的人。

《行行重行行》的眼睛,是结尾那句"弃捐勿复道,努力加餐饭"。弃捐的,不是等待、思念,而是此前之种种揣想、怨叹、惊心。既然唯有等待,那就健壮地等待。这句之前,写愁苦,写揣想,写怨叹,写憔悴,写衰老,尽管只是淡淡着墨,却几乎写尽了等待、思念的题中之义。可是,一直要到最后一句,诗才把自己的秘密揭晓出来。它要写的,不是一个被动地忍受着苦难的人,而是一个打算认认真真担荷起苦难的人。这样的人,不会允许自己衰颓、萎顿。哪怕仅仅为了让自己配得上这苦难,他也得想法子振作。因为他知道,愁苦、怨叹、愤怒、自戕打发不掉苦难,只会助长苦难的淫威。愁苦、怨叹、愤怒、自戕唤不回任何东西,只会败坏掉自己,让自己配不上那苦苦等着的人和事。裴奈罗佩和奥德修斯,靠勇猛和灵巧重新夺回日常生活。《行行重行行》里的人,靠一顿饭重建快要崩塌的日常生活。面对苦难的明智之举,不是自毁生活,而是更用力地生活。

等待、思念,与忠贞有关。忠贞是一种美好的德性,夫妇、父子、君臣、朋友、天人，都需要忠贞。倘若只是空谈而已，人们可以用尽美丽的词语歌颂忠贞。但若打算活出忠贞，没有血气恐怕不行。任何美好的德性，都得有健壮的血性支撑。苦挣苦熬快要绝望之际，一顿饭胜过无数词语。一顿健壮的饭，可能比所有属灵的词语更属灵。

没有最低的，便没有最高的。没有泥土便没有花。不懂饱餐一顿的人一定不知道勇气、忠贞为何物。好诗，总能指向高处，但也总能照亮低处，照亮德性的血性根基。喜欢谈论吃喝的荷马，写出了古往今来最高贵的英雄。一句"努力加餐饭"，也让《行行重行行》的美丽哀愁之上，多了一丝勇猛精进。美丽哀愁，是受苦者的神情；勇猛精进，是在苦里修行之人的神情。

明代唐汝谔说，《行行重行行》是"忠臣去国而念不忘君，讬于妇人思其君子"。清代张庚说，《行行重行行》是"臣不得于君，而寓意于远别离也"。他们的意思是，这首字面上的思妇之辞，其实是忠臣自明心志。

这样的理解，现代读者大概不会喜欢。现代读者似乎更愿意让一首讲述男女思念的诗仅仅停留在男女思念上。或许，除了男女思念，一切更加刻骨的体验，都离现代读者太远，唤不起他们的兴致。古代读者恰恰相反，他们总不满足于让男女思念停留于男女思念。他们总能从男女情思里读出更刻骨的体验。对他们而言，父子、君臣、天人，是比男女更重大也更刻骨的体验。而男女情事当中，处处都有那些刻骨体验的影子。正因它们是更宏大的事物的影子，它们才值得反复吟咏。

最伟大的情诗，往往能写出无可奈何的命运感。命运感，其实并非男女情事中常有的体验，尤其不是那种讲求快捷和等价交换的男

女情人所能体验到的。命运感，不是人际关系中的体验，而是人与某种更宏大事物交接之际的体验。所谓更宏大事物，是那些不随人意转移的事物。人不会在一朵娇花面前感受到命运，却会在高山大海中发觉与命运猝然相遇。因为山海远比人意宏大。在父子、君臣、天人之类的伦常当中，古人也能体会到命运感。因为这些伦常，不以人意为转移。庄子说：

> 天下有大戒二：其一，命也；其一，义也。子之爱亲，命也，不可解于心；臣之事君，义也，无适而非君也，无所逃于天地之间。是之谓大戒。是以夫事其亲者，不择地而安之，孝之至也；夫事其君者，不择事而安之，忠之盛也；自事其心者，哀乐不易施乎前，知其不可奈何而安之若命，德之至也。（《庄子·人间世》）

父子、君臣，不是人际关系，而是伦常关系。伦常关系不可选择，也谈不到等价交换。它常常严酷、跋扈，甚至毫无公道可言。可是，人必须活在这种关系里，还必须在这种关系里活得像个人。总之，他得在别无选择的地方选择他的活法。于是，他就有了命运感。当命运对他温柔照拂，他得尽力配享幸福；当命运对他暴戾残忍，他得尽力活出高贵。所谓诗意，就从那种种"尽力"中涌现出来。对那些正在"尽力"的人而言，种种"尽力"，毫不风花雪月，反而危机四伏，生死攸关。他们必须与亲身的搏斗拉开些距离，才能意识到搏斗里的诗意。于是，男女情事就成了合适的题材、合适的象喻。诗人们乐于歌咏无可奈何的爱情。其实，他们想要述说比爱情更加无可奈何的事情。

通过谈论无可奈何的爱情,谈论比爱情更加无可奈何的事。这是《诗经》的传统,也是《楚辞》的传统,也是汉语诗史上许多伟大作者和伟大读者的传统。唐汝谔、张庚说《行行重行行》乃是借男女别离讲述君臣聚散,他们也是同一传统里的读者。这首诗的作者究竟是一位闺中思妇,还是一位失意忠臣?没人知道。所以,唐汝谔、张庚的读法可能有误,正如仅仅从中读出男女情思的现代读者未必正确。但是,至少在一点上,唐汝谔、张庚可能比现代读者更会读诗:一首诗之所以好,乃是因为它能在读者身上唤起某种体验,这种体验由文字激发,却比文字本身讲述的事情更严重,更刻骨。爱情除了是爱情,还是更高事物的影像。

那些仅仅从爱情里看到爱情的读者,可能需要首先治疗自己的偏狭。他们可能会指责张庚式的理解太迂腐,煞风景。比起张庚的迂腐,我倒觉得他们的偏狭更煞风景。因为他们自愿对某些更宏大的体验和激情闭上眼睛。只能从爱情里读到爱情的人,大概也只能从"努力加餐饭"里读到一碗饭。

孔子绝粮于陈、蔡之间。随行弟子尽皆颓唐,不能兴起。孔子在大树之下,讲诵弦歌,毫无衰颓之色。子路难忍委屈愤懑,进前质问夫子:

君子亦有穷乎?

夫子答:

君子固穷,小人穷斯滥矣。

夫子教诲子路:君子之为君子,不在于比小人更蒙命运眷顾;命运面前,君子小人皆无豁免权;区别仅在,君子能在厄运中守住人的样子,小人则早早鱼烂。

孔门弟子,不乏英雄人物。子路更是英雄中的翘楚。传道无望,行道遭难,足以使英雄们颓唐。英雄们颓唐之时,唯有夫子弦歌不辍。那一刻,夫子比弟子更青春,更健壮。夫子的讲诵弦歌,正是夫子的"努力加餐饭"。

奥德修斯、孔夫子,以及那位"努力加餐饭"的思妇,身上都有彼此的影子。好诗,能够彼此照亮。读诗的快乐,就在于让诗从这里照亮那里。

以三重川、与君生死别れ松

七年饰るや生死逢道诚

限且あらこ云扁死の古坟や

伏れ凡魏ら栄南枝枝堂

日日遠太苗名残

浮云散昌游子ふ风返

田果に人き千月ロヒ

晩叶稍り凌道独力か

馨偎

白石老人诗云青藤雪个远凡胎缶老衰
年别有才武欲家为九泉为走狗三家门下轮
转来诵此数语为研学于闽也丁宁

[诗可以兴]

切斯特顿宴请萧伯纳先生

　　G.K.切斯特顿（Gilbert Keith Chesterton，1874—1936），英国诗人、记者、侦探小说家、护教大师。其文黠狡灵利，其人雄健庞然，饕餮，善饮，有中世纪侠者风。终其生，切斯特顿宣讲信仰之健壮喜乐，揭发种种现代理论、主义之虚妄悖谬。进化论者萧伯纳为其好友。二人一硕大，一清癯，相逢必相谑，相谑必有妙语。某日，切、萧二公在我梦里吃牛扒。醒来，犹记切公醺醺然走在伦敦街头，大喊"脸蛋红扑扑主义"。想了很久"脸蛋红扑扑主义"的意思。梦里的切老或许是想说，除去健壮的生活，世间并无任何主义。

　　　　再来一份牛扒，五成熟

　　　　告诉老伍德，五成熟

　　　　告诉老伍德，这是 G.K.要的

　　　　是保留五成生，不是烧焦五成肉

　　　　只要老伍德还在

　　　　这家的牛扒是烤不好了

　　　　可我就是喜欢老伍德

知道么，他老是忘了洗手

怎么了，你不再来一份

吃吧吃吧他今天应该洗手了

那就再喝点儿这儿的啤酒还可以

跟英格兰的天气一样差

你不喝了么，那我再要一杯

要我说，跟上周相比

你又进化了

你的伟大的生命力

都用不着牛扒和酒了

可是俏皮话和革命方案

得用蛋白质合成吧

泰纳尔太瘦可不行太瘦的话

挣不开安小姐的生命力之网

你的安又那么多

现在几点了

再干一杯就走吧

下午有工作

还得让布朗神父了结一桩案子

没错他又得挖苦福尔摩斯了

我的老布朗可不信那套

我的老布朗

是乐观主义还是悲观主义

是性善论还是性恶论

是资本主义还是社会主义

是逻辑学家还是心理学家

瞧瞧你们这些让人不好意思的字眼

我的老布朗是脸蛋红扑扑主义者

是背着十字架的老油条

是会为受苦的女人哭啼啼的铜豌豆

有个中国诗人是这么说的吧

那么再见了

你的新戏真讨厌

我忍不住又看了两遍

我得去那边走走

我老婆提醒我注意肚子

女人真奇妙

你只要在头一年娶一个新娘

往后每年都得拼命了解一个

全新的女人，今年这位女士

提醒我注意肚子，真是美妙的句子

该写进新婚誓词，比誓词庄严多了

我听她的话

注意我的肚子了

我的肚子对我很重要

比剑和匕首和手枪还重要

它让我心满意足无可抱怨

它帮助我抵挡进化

我可不想进化得只剩大脑

眼睛，词语，和蒸馏了的生命力

前面那家煎腰子也很棒，闻到没有

今天不吃了这样就很好

女人就该抱怨

男人就该黄昏回家

大街就该吵闹，脏

伦敦就该伦敦

二

青青河畔草

青青河畔草，看这满园的欲望多么美丽。

青青河畔草

青青河畔草，郁郁园中柳。 1

盈盈楼上女，皎皎当窗牖。 2

娥娥红粉妆，纤纤出素手。 3

昔为倡家女，今为荡子妇。 4

荡子行不归，空床难独守。 5

[诗脉]

1.郁郁:茂盛。首句,说园中的蓬勃生机。

2.牖:即窗。盈盈:通"嬴嬴",仪态美好。皎皎:明丽。次句,说园中人。园中生机蓬勃,园中人明丽美好。当窗牖:临窗眺望。这个象里,有一种明亮的孤独。

3.娥娥:在汉代读者的语感里,"娥"属于方言。秦晋之地,美貌谓之娥。纤纤:柔细。上句说园中人登楼,开窗。此句,说窗中女子之美。妆容鲜艳,身姿柔细。窗如画框,园中人即画中人。画中之人,一如园中之花,生机蓬勃,也柔弱易陨。

4.倡:乐伎。荡子:不归人。《列子·天瑞》:"有人去乡土,离六亲,废家业,游于四方而不归者,何人哉?世必谓之为狂荡之人矣。"此句乃园中人之传记。少时为倡,为人亵玩;长遇荡子,又遭离弃。命途舛戾,无过于此。

5.空床难独守:末句为园中人之传记作结。"难独守",不是不守,不是枯守,而是在守与不守之间挣扎。何以挣扎? 因为天地间自有青草、园柳,勃勃生机流动,人心亦有勃勃生机,屡遭挫折而不息。如此命运,如此生机,不能相互成全,竟致彼此冲撞,于是有"难独守"之挣扎。上句说命途之舛戾,此句说深心之孤寂。园中生机蓬勃,园中人身陷舛戾、孤寂之中,于是有"皎皎当窗牖"那般明亮的孤独,孤独的明亮。

读诗至此，遂觉前文"盈盈""皎皎""娥娥""纤纤"亦有惊心动魄的力量。因为那种美丽，不是为某个配不上它的荡子预备的。她美丽，只是因为一派生机之中她必须美丽。犹如时候到了，草必须青青，柳必须郁郁。

［诗旨］

张庚：此诗刺也。虽莫必其所刺谁何，要亦不外乎不循廉耻而营营之贱丈夫；若以为直赋倡女，倡女亦何足赋，而费此笔墨耶。

姜任修：伤委身失其所也。

拟青青河畔草

陆机

靡靡江蓠草,熠熠生河侧。

皎皎彼姝女,阿郁当轩织。

粲粲妖容姿,灼灼美颜色。

良人游不归,偏栖独支翼。

空房来悲风,中夜起叹息。

［外传］

《青青河畔草》怕是十九首中最难读的一首，也是最美丽的一首。

明代唐汝谔这样读：

> 此刺士大夫之轻进而托于女子之失节。

清代张玉谷这样读：

> 此见妖冶而傲荡游之诗。……以荡子不归，坐实空床难守。其为既娶倡女，而仍舍之远行者，致傲深矣。

清代张庚这样读：

> 此诗刺也。虽莫必其所刺谁何，要亦不外乎不循廉耻而营营之贱丈夫。若以为直赋倡女，倡女亦何足赋，而费此笔墨耶。

现代的叶嘉莹这样读：

> 而现在我们所讲的这首诗，在描写这个楼中女子时用了很多

美丽的、外向的词语,所有这些词语中都含有一种不甘寂寞和擅自炫耀的暗示。为什么会这样?原来这个女子"昔为倡家女,今为荡子妇"。所谓"倡家女"就是歌妓舞女,这样的女子平生过惯了灯红酒绿的生活,往往是忍受不了寂寞的,更何况她现在又嫁给了一个"荡子"。所谓"荡子",不一定是现在所说的浪荡之人,而是指那种经常在外漫游,很少回归故乡的人,这种人一出去就再也想不起回来,把妻子一个人孤零零地抛在家里,所以是"荡子行不归,空床难独守"。所谓"难独守",是说这个女子现在还是在"守",只不过她内心之中正在进行着"守"与"不守"的矛盾挣扎。你们看,《古诗十九首》实在是很微妙的。这首诗仅仅是写一个倡家女心中的矛盾挣扎吗?不是的,这"难独守"三个字,实在是写尽了千古以来人性的软弱!写尽了千古以来人生所需要经受的考验!仅仅是女子要经受这个考验吗?也不是的,任何人生活在人类社会中都面临这样的考验。在人生的道路上,不管是干事业还是做学问,都需要有一种勤勤恳恳和甘于寂寞的精神。但有些人是耐不住寂寞的,为了早日取得名利地位,往往不择手段地去表现自己,所谓"尽快打出一个知名度来",而这种急功近利的行为有时候就会造成"一失足成千古恨"的结局。所以,这一首诗所写的乃是人生失意对你的考验,当然这也属于人生之中的一个基本问题。很多人认为这首诗不好,或者根本就不选也不讲这首诗,我以为那是不对的。(《叶嘉莹说汉魏六朝诗》,中华书局,2018 年)

现代的流沙河这样读:

难独守，就是诗人在帮那个女子把她的内心活动说出来了：你这个浪荡子一年四季在外头，让我在家里面空等下去，那是办不到的！你在外面耍，到处找女朋友，我也可以去找一个男朋友——她要想搞婚外恋了！汉代的人，好像说真话没那么多顾忌，比较洒脱，到唐代的诗就不兴这样写了……这么一想，这首诗就很有点喜剧化了：那个诗人远远地看到一个浓妆艳抹的女子坐在窗前，他不敢出来，开始是躲藏在远处，一双眼睛就贼惑贼惑地往河边花园里头看，看着看着就往前钻，越钻越近，越看越清楚，然后就开始想七想八、想入非非的了……诗人的身份虽然被隐去了，但是诗人的情态，却是活灵活现的。这是个表达的技巧，也是诗人心思的细密，我们前面还说了：这和那个时代的观念的质朴和开放也是有关系的。(《流沙河讲古诗十九首》，四川文艺出版社，2017 年)

几位古代的读者，众口一词，说这是"刺诗"。刺谁呢？刺那位不知名的荡子。一首写园中女子的诗，古代读者却必须把它读成刺讥荡子。他们的苦心，可以理解。因为在他们看来，唯有读出"刺"味，这首诗才有教益。尽管全诗五十字，字字都写园中女，张庚却说"若以为直赋倡女，倡女亦何足赋，而费此笔墨耶"。在他看来，一个"空床难独守"的女子，是配不上五十个字的。除非，把她的"空床难独守"看成对"荡子行不归"的惩戒、儆示。于是，诗里那位鲜活的园中女就被读成一句面无表情的忠告：天下男子切不可轻薄躁进贪求利禄，以防家中女子失节。

之前我说，像唐汝谔、张庚这样的读者，属于一个古老的阅读传统。那个阅读传统，敦促人们从男女情事中读出某种更宏大更刻骨的体验。因为那个传统的基本信念是，男女情事，是父子、君臣、天人等更为重大的伦常关系的影像。受那个传统熏陶的读者，往往不满足于停在字面，尤其不能满足于就情爱谈情爱。在现代读者被偏狭的爱情癖所困的地方，他们常能颇为老到地捕捉到诗的字外之意。《行行重行行》，字内之象，是一位忍耐、等待的女子；字外之意，则可能照亮世间一切忍耐、等待：忍耐、等待着的忠臣，忍耐、等待着的圣徒，都能从那句"努力加餐饭"里得到鼓舞。

可是，《青青河畔草》，他们读得不好。不好，不是因为他们想要说出字面之外的意味，而是因为他们似乎没有耐心在文字里面多停片刻。原因很简单，看到"倡家女""荡子妇""难独守"这样的字眼，他们就断定不值得停留。连带着，就连"青青""郁郁""盈盈""皎皎""娥娥""纤纤"这些温柔的字眼，他们也不太有耐心正视。他们只想用一条道德训诫把这首诗打发掉。

叶嘉莹、流沙河似乎更有耐心些。他们愿意关心园中人的妆容，也愿意谈谈园中人的命运。谈到最后，叶嘉莹说，人生就是无尽的考验，凡欲成就事业者，必须耐得住寂寞。她不再把《青青河畔草》读成"刺荡子"的诗。但她直接把那位明艳的园中人当成了道德训诫的案例。尽管她尽量体贴那女子的苦楚和挣扎，但还是担心女子马上就要在诗的第六句（如果有第六句的话）里耐不住寂寞。

流沙河似乎更"现代"一点。他不关心荡子的德行，不关心女子的忠贞，他只把这诗读成一桩好玩儿的汉代社会新闻：一个浓妆艳抹春

日思春的女子,一个暗中偷窥浮想联翩的诗人。他凭空给女子添了很多内心戏,凭空为诗人画了一幅猥琐的素描。他的结论:这是一出开放年代的喜剧。说实话,读着他幽默机灵的文字,我以为他是在说不相干的另外的诗。

诗无达诂。每位真诚的读诗人都尽了他们的力。每种真诚的阅读,都值得尊敬。但每位读者也都有感到不满足的权利。比如我。我从诗里读到的世界的残酷与生机,似乎还没有被前辈读者说出来。尽管这真的很难说,我还是打算说说。且容我讲个故事。

1948 年,10 月 22 日,50 岁的布莱希特回到了阔别十五年的祖国——当时,名为"德意志民主共和国",首都为东柏林。此前的十五年,这位反对纳粹也反对美帝国主义的文豪,一直处于流亡状态。此时,他终于回到故国。回到故国的意思是,从前受到纳粹监视、美国联邦调查局的监视,现在还得接受东德国家安全局的监视。据说,国家的监视是必要的,也是完全善意的。国家和组织关心大师的生活和心灵。国家希望大师成为进步制度的宣传员,而非放言无忌的问题制造者。

为了更好地关心大师,组织把一个名叫玛利亚·艾希的女人送到他身边。玛利亚是奥地利人,有一个纳粹父亲、一个纳粹兄弟和一个纳粹丈夫。现在,组织决定不咎既往,接纳她,把她当作自己人。她的使命,就是为自己人提供情报。

玛利亚成了布莱希特剧院的演员,也成了布莱希特的情人,情人之一。她努力讨布莱希特欢心,学着温顺、谦卑。她拼命理解布莱希特的戏剧,也像完成工作那样跟布莱希特上床。上床之后,她会偷拍布莱

希特的文件,闻布莱希特的床单,摸索床垫下面是否藏着瑞士护照。

布莱希特不是个单纯的文士,他有他的政治嗅觉。他知道自己和祖国、组织的关系,也知道组织为他安排了什么。他需要女人,也对玛利亚感兴趣,但仅是兴趣而已:"玛利亚是一个有意思的姑娘,但比不上露特……这个女人不过是一个放在戏剧舞台上的旅行袋。"他知道她在暗中盯着他,搜查他。他也盯着她,搜查她。他们上床,也像是垂死的乏味的政治斗争:

> 他询问着为什么玛利亚上床的时候,那张脸就像升向天国的死去的王后,双眼紧闭,仿佛藏在她自己的内心深处。

她慢慢地应着,知道接下来会发生的老一套。他脱光了她的衣服,把她转向墙壁,占有了她。她想:他不是在占有我,他是在搜查。她紧紧抓住黄色的窗帘,而后又在布莱希特用梳子的柄来代替衰退的男子气概的时候,握紧了拳头。

玛利亚发现自己爱上了上司,那个派他监视布莱希特的人。那个人叫汉斯。她对生活的奢望是:

> 给我一个岛来爱这个男人,随便哪个岛;是我一个人的,哪怕只是我生命中的一个星期。

可这真的只是奢望。汉斯或许也爱她,但不会接受她的爱。因为汉斯在为组织工作。她问他五年后会干什么,他说:

> 我会更加扎进官僚主义累人的迷宫里。

　　那个迷宫里，没有她的位置。在玛利亚眼里，汉斯是个天真的年轻男子。可玛利亚怀疑：在这个国家存在心灵纯朴的年轻天真男子吗……在这个失控的国家。

　　在这个国家里，年轻男子和垂老大师都在忙着为了控制别人的肉体和心灵而恶斗。玛利亚的肉体，只是这场恶斗里的一枚棋子。没有这个身份，她就不能生存，但她厌倦这个身份。逃避的办法，是游泳：

　　　　她把衬衣挂在支柱上。她的感觉从来没有像现在这么好，这么灿烂。她的生活在波涛永恒的涌动中消逝了。这使她的皮肤变成褐色，使她更年轻，给她装饰闪闪的亮片。中午的大海波光粼粼，到了下午四点就成了淡紫色。她的腿温暖起来。她觉得自己光滑而美丽，慵懒而冒失。远处海面上的帆船犹如海市蜃楼让她吃了一惊。玛利亚摘下黑色的眼镜，呷着暖瓶里的凉茶。她的泳姿很协调。她滑进水里。天空形成了一个奇怪的洞，紧接着无数的积雨云往上升，蒸发掉；成千上万的星光融化了，上涨的海潮的声音变了；她忘记了布莱希特和他的那帮人，他们的意识形态窝棚坍塌了……

　　这个故事，来自法国人雅克·皮埃尔－阿梅特的小说《布莱希特的情人》（周小珊译，译林出版社，2003年）。几年前偶然遇到这本小说，读到玛利亚游泳这段，立刻被击中。它让我看到一个被侮辱被损害的女子，尽管饱受侮辱与损害，仍有蓬勃生机需要绽放。美丽的肉体,蓬勃的生机,熬过了侮辱与损害,没有萎顿,未曾熄灭。当它们舒展、绽放的瞬间,外部世界那个惯于实施侮辱与损害的"意识形态窝棚"就坍塌了。

阿梅特的书里有不少情欲描写。我觉得,玛利亚独自游泳这段是最惊心动魄的情欲描写。衬托它的,是布莱希特的那些上床场景。玛利亚不是缺乏性,而是承受了太多扭曲的性。扭曲的性,不是性,而是意识形态的污渍,是人间权欲的爪牙。被强加的性,是扭曲的性;被剥夺的性,同样是扭曲的性。无论强加还是剥夺,背后都是意识形态、权欲对人的践踏。布莱希特的卧室是意识形态战场,在那里,权欲把性强加给玛利亚。汉斯的办公室也是意识形态的战场,在那里,玛利亚的美好爱欲被剥夺了。只有在海里,玛利亚觉得大腿温暖,自己光滑而美丽,慵懒而冒失。那种美丽,是不为什么的美丽。不为取悦于谁,因而慵懒;不能自已必须美丽,因而冒失。那个瞬间,她不是特工,不是大师的情妇,而是一个生机勃勃的女人。哪怕仅是一瞬间,也弥足珍贵。如若没有这样的瞬间,人的生命将成为任由意识形态和权欲肆虐的荒原。

《布莱希特的情人》帮我读懂了《青青河畔草》。我愿意把玛利亚视为那位园中女子的姊妹。还是那句话,伟大的诗总可以彼此照亮。

当然不是说,《青青河畔草》也涉及什么意识形态斗争。汉代的男人和女人,可能比20世纪以后的人们幸福一些。可是,只要有社会在,就有种种不公、不义、不幸,就有权欲对脆弱生命的侮辱与损害。

"昔为倡家女,今为荡子妇"就写这种侮辱与损害。读到此种侮辱与损害,一些读者提不起兴趣,因为它们太过常见,几乎成了历史中反

复上演的必备戏码。这样的读者,甚至不会操心是谁造成了"倡家女""荡子妇"。他们直接把"倡家女""荡子妇"当成女子的下贱烙印。另有一些读者,从"倡家女""荡子妇"里读到的是特殊时代特殊制度的特殊罪恶。继而,把注意力放在对特殊时代的控诉上面。制造"倡家女""荡子妇",真的只是特殊时代特殊制度的特殊罪恶么?

这些被侮辱被损害的生命,原本不配拥有传记。人们使用她们,糟蹋她们,抛弃她们,咒骂她们,偶尔同情她们,唯独不会关心她们是谁、她们的渴欲。幸好,诗人会看见她们,给她们一篇属于她们的传记。

《布莱希特的情人》是玛利亚的传记。这篇传记的外部故事,是一个生在纳粹家庭的奥地利女人献身组织,用肉体换取情报。这篇传记的灵魂故事,是这枚组织的棋子在某个瞬间,在某个无人之地,绽放生机,像个真正的女人那样绽放。至少在那个瞬间,她不是一枚棋子,而是一个渴望生活的人。

《青青河畔草》是那位"园中人"的传记。流沙河说得没错。这首诗不是女子的独白,有一位诗人看见她,看着她,讲述她的故事。可惜,流沙河把那位诗人想象成偷窥狂,偷窥到的,也只是一场社会喜剧。而唐汝谔、张玉谷、张庚他们又把这位诗人想象得太过严肃,似乎他的温柔吟咏只为点醒那些冶游不归的浪子。果真如此的话,实在浪费了诗里那些温柔和美丽的词句。

我想象中的那位诗人,既非无心肝的偷窥狂,也不是面无表情的道德导师。他更像阿梅特那样的小说家,要为一个被侮辱被损害的女子作一篇原本不必作的传记。这篇传记里,他讲了这位女子的生活史:"昔为倡家女,今为荡子妇。"但他主要是讲这位女子的心灵史。"河畔草""园中柳""楼上女""当窗牖""红粉妆""出素手",是心灵史的前奏;"空床难独守",是心灵史的高潮。这部心灵史告诉读者,这是一个活着的女人,不仅活着,而且活得生机盎然。生机盎然的意思是,必须在一个春天绽放,不为什么的绽放。

"昔为倡家女,今为荡子妇"这个外部故事,可以有很多不同的续集。这个女子可能就此苦守空床,也可能从此放纵情欲。前者可以成为道德范本,后者可以成为批判的靶子。但无论哪个版本,问题的关键仍然是:那个女子是否尚有活泼的生机? 无生机的苦守,是死人的苦守。无生机的放纵,是死人的放纵。就像玛利亚。她可以谨守组织纪律,只跟组织指定的人上床;也可以挑衅纪律,跟随便什么同志和敌人上床。但读者不能通过此类忠诚或滥交的故事认识她。唯有在海里舒展身体的那一刻,读者才明白,这不是死的棋子,而是活着的女人。同样的,"空床难独守",也是让读者看见一个活着的女人的一刻。

只要历史不终结,对生命的侮辱与损害就不会终结。由谁实施侮辱与损害,反倒是次要问题。面对侮辱与损害,人类的希望,就在那不屈亦不熄的生机。唯有这份生机,才能帮人们挺过寒冬,戳破谎言。这生机,不在各种意识形态规训里,不在僵硬的道德教条里,而在一饮一啄的日常生活中。一个在思念、等待中苦熬的女子猛然对镜决意"努力加餐饭",这是她生机绽放的时刻。一个饱受鄙夷侮辱的女子春日登楼,要在春光里炫耀美,渴望女人该有的生活,这是她生机绽放的时刻。

汉语诗史上,这样的时刻不多。因为后来的诗人们过分优雅、谨慎。在他们的趣味里,"努力加餐饭""空床难独守"之类的句子太粗豪,不雅驯,甚至,不够道德。可是,这些粗豪句子里的粗豪生机,是一切伟

大德性的根基。失了这个根基，一切道德都只剩下非人的壳子。

《青青河畔草》是一首关于生机绽放的诗。唯有偷窥狂才会关心、揣想"空床难独守"之后的故事。这位匿名诗人，只让我们关心那生机绽放的一刻。那一刻，是为一个无人关心的女人写就的惊心动魄的传记。

那天，跟老友聊起《青青河畔草》以及玛利亚的故事。老友随口背出了穆旦的几行诗：

> 绿色的火焰在草上摇曳，
> 他渴求着拥抱你，花朵。
> 反抗着土地，花朵伸出来，
> 当暖风吹来烦恼，或者欢乐。
> 如果你是醒了，推开窗子，
> 看这满园的欲望多么美丽。

青青河畔草，看这满园的欲望多么美丽。

青青河畔田里攀，圃中极龟
樊之如匝宫腊嫁孔
粒粉碱、也为萬偶象
也为萬萬归篇归川而
调空漾

〔诗可以兴〕

提奥

文森特·梵高(Vincent van Gogh,1853 年 3 月 30 日—1890 年 7 月 29 日)给弟弟提奥写过很多信。向弟弟要钱,托弟弟卖画,详细描述自己的贫穷和病。当然,所有的絮叨最终都会淹没在画画的渴欲里。每封信都是一股生命的激流。这激流,来自一个渴望生活的病人。几年前,小朋友送我一本梵高的信。我花了一夜读完,再也忘不了那夜。

我想和你说说我都买了些什么

首先是一个大的调色盒

可以放十二支水彩

有双铰链盒盖

打开可以当调色盘用

能放六支画笔

本打算以后再买

先将就着用茶盘调色

但茶盘很难携带

尤其是还要拿其他东西的时候

还有一本很精美的解剖学书

特别贵，但是这书太好了

能用上一辈子

我完成了这些画

冬季的花园，剪枝的桦树，杨树道

还有翠鸟，本该四月就寄给你

画杏花的时候我病倒了

如果那时能继续画

现在树上的杏花已经快掉完了

真是不走运

现在是凌晨四点

我坐在阁楼的窗前

研究草地与伐木场

煮咖啡的第一缕炊烟升起

第一个工人踱进厂院

天气可真好

万物吐露着春的气息

我又想冲到户外去

可是只要一出门，到现场画

什么难缠的事都可能发生

比如说，为了那四幅画

我赶走了上百只苍蝇

更不用说灰尘和沙子

我还要走上一两个小时

带着画布穿过荒地树篱

我也想和你谈其他的事

但是现在没时间

我们还是聊聊绘画吧

我又去了一趟那个晾鱼棚

我看见一截枯死的柳树树干

斜垂在一片芦苇荡上方

孤寂而忧郁

很难准确形容

这里到底有多少种绿灰色

画地面用掉了我一管半的白色颜料

还有红色、黄色、棕赭石色

黑色、土褐色、深褐色

地面还是显得暗

但我在这里找到了自己的颜色

我全身沾满了颜料

有些都沾到信纸上了

今天散步的时候格外想你

跟你说，我又在画

同时画两幅

我常常会画得太快

这算个缺点吗

我忍不住啊

我怎样画画

我自己也不知道

我就坐在那儿

手拿空白的画板

对着眼前的景色

看着这一切，告诉自己

这块空白的板子将会成为作品

我有太多想法

或者说欲望

但是现在我得去画垃圾场了

如果这些画又寄了回来

我会有一点失望

如果你不认识什么买家，

我倒觉得你可以留着它们

看看我为此付出了什么

一副破旧不堪的躯体

神魂颠倒的心智

这是我所能过上的最好的生活

我对自己发誓不要工作了

但每天都是这样

时不时会碰到什么特别美的东西

让我不得不想试着留住它们

我宁愿思考四肢和头部如何安置在躯体上

也不愿意去计较自己算不算个艺术家

这里还是冬天

让我继续画画吧

如果这只是一个疯子的作品

那可真糟糕

我也没法子

我再也不渴望什么丰功伟业

我在绘画中想得到的

只是熬过这一生的一种方式

我要快点写完这封信

因为感觉脑子里涌出了更多东西

要是不赶快把信写完

肯定又会拿起画笔去画

那样你就收不到这封信了

我在这里看一个削土豆皮的女人

女性的乳房饱经辛劳

完全没有丰满性感的感觉

令人心生怜悯,但也令人敬佩

我发现女仆往往比她们的女主人更美

工人也总是比绅士更有意思

米勒的农民是用他们耕种的泥土画的

韦罗内塞的金发裸女

颜料是街道上的烂泥

昨天那个小伙子

对着我的画一撮撮地吐嚼过的烟草

真招人烦

但总体来讲

事物的悲伤或者忧愁

都是很健康的那种

幸运的是,这里的男人常穿短裤

可以看出他们腿部的形状

有时,亲爱的弟弟

我深知我想要什么

不论是生活还是绘画

你知道我在工作上多么善变

所以对农场的热情也不会一直持续

我更想画人的眼睛

而不是教堂啊

因为人的眼睛里有教堂没有的东西

我想画出带着永恒感的男男女女

以前,画家们用光环来象征这种永恒

现在我试图通过人物自己的光

通过颜色的震颤去表达

没东西可画时我就画自己

我变得越丑,越老,越病态,越穷

就越想用更多生动明艳的色彩

报复这一切

对了对了

我一定要画下繁星闪耀的夜空

以及柏树

或者成熟的麦田

当我看着麦田里的收割者

我看到了死神的影了

人类也如同他正在收割的麦子

收割者是播种者的反面

但在这种死亡中

没有什么是悲伤的

它发生在光天化日之下

一切都沐浴在金色的光芒中

三

青青陵上柏

青青陵上柏

青青陵上柏，磊磊涧中石。¹

人生天地间，忽如远行客。²

斗酒相娱乐，聊厚不为薄。³

驱车策驽马，游戏宛与洛。⁴

洛中何郁郁，冠带自相索。⁵

长衢罗夹巷，王侯多第宅。⁶

两宫遥相望，双阙百余尺。⁷

极宴娱心意，戚戚何所迫。⁸

［诗脉］

1.青青陵上柏:陵者,墓也,象有死之人。与有死之人相比,陵上柏为长存之物。《庄子·德充符》:"受命于地,唯松柏独也在,冬夏青青。"磊磊涧中石:涧水长流不息,涧中石磊磊堆叠,终古不移。首句,言天地间总有恒久之物。

2.人生天地间:松石象天地恒久,人生于其间,转瞬即逝。忽如远行客:忽,倏忽易逝。客:生为逆旅,死为归家。《庄子·知北游》:"悲夫!世人直为物逆旅耳!"《汉书·杨王孙传》:"精神离形,各归其真,故谓之鬼,鬼之为言归也。"首句言天地恒久,次句言人生短促。恒久者为真实,短促者为虚幻。人生既为虚幻,人当何以自处?

3.聊厚不为薄:聊,姑且。人生既然短促虚幻,本不值得善待。然而,姑且善待之,厚待之。不因短促虚幻而自苦,反因短促虚幻而自娱。

4.驽马:迟钝之马。以短促之人生,驱迟钝之驽马,此亦人生之传神象喻。既言人生苦短,本当奋力疾行;偏偏驽马迟缓,急亦无益。宛与洛:宛,南阳;洛,东都。皆两汉之大都市。南阳在洛京之南,汉时亦称南都。

5.郁郁:繁盛。大都市之景象。冠带自相索:冠带,富贵之人。索:求。富贵之人彼此自相求索。犹如今言"有钱人只和有钱人玩儿"。

6.长衢罗夹巷:长衢,四达之大道;夹巷,小巷。大都市,大街小巷

星罗棋布。王侯多第宅：《汉书·高帝纪》："为列侯者赐大第。"王侯府宅，有甲乙次第，故曰第宅。

7.两宫：南北两宫，相去七里。双阙：崔豹《古今注》："阙，观也。古每门树两观于其前，所以标表宫门也。其上可居，登之则可以远观。"第四句说进入都市。第五句说都市之富人，第六句说都市之王侯，第七句说都市之宫阙，逐层上移。乍入都市之人，逐层瞻望都市之繁华富贵，直至公侯府第帝王宫阙，人生阅历至此，似乎至矣尽矣无以复加矣。

8.极宴：尽欢之宴。戚戚：忧戚。何所迫：迫，逼迫。诗人说，那些在第宅、宫阙里尽情欢宴之人，还有什么忧戚能够威胁他们呢？此句最有味。既有歆羡，又有怀疑。歆羡是说，富贵之人可以富贵排解忧戚。怀疑是说，富贵真的可以排解忧戚么？所谓忧戚，仍是开篇之人生促迫。全诗，前两句讲人生短促，此乃人生第一苦。为逃此苦，诗人饮斗酒、策驽马，寻觅人生之乐。四到七句，诗人历览都市之繁荣富贵。然而都市之繁荣富贵，与诗人无关。诗人之苦，丝毫未解。末句，是诗人的反问：那些极宴娱心意的富贵之人，真的可以逃脱忧戚么？从意识到人生忧患，到寻觅路途排解忧患，最终归于忧患之不可解。

[诗旨]

张庚：此高旷之士，自言其无入不自得也。

姜任修：刺贪竟不知止也。

拟青青陵上柏

陆机

苒苒高陵苹，习习随风翰。

人生当几时，譬彼浊水澜。

戚戚多滞念，置酒宴所欢。

方驾振飞辔，远游入长安。

名都一何绮，城阙郁盘桓。

飞阁缨虹带，层台冒云冠。

高门罗北阙，甲第椒与兰。

侠客控绝景，都人骖玉轩。

遨游放情愿，慷慨为谁叹。

[外传]

希罗多德说,埃及富人的筵席上,进餐完毕之后,便有一个人带上一个模型来,这是一具涂得与刻得和原物十分相似的棺木和尸首。他把这个东西给赴宴的每一个人看,说:"饮酒作乐吧,不然就请看一看这个;你死了的时候就是这个样子啊。"这就是他们在大张饮宴时的风俗。

希罗多德还说过妥劳索伊人的故事,他们是色雷斯人的一支。他们在出生和死亡时要做的事是这样的:当生孩子的时候,亲族便团团围坐在这个孩子的四周,历数着人世间的一切苦恼,并为这孩子生出之后所必须体验的一切不幸事件表示哀悼。但是在埋葬死者的时候,他们却反而是欢欣快乐的,因为他解脱了许多的灾祸而达到了完满的幸福境地。

在所有伟大文明里,死亡都是一种生活教育。埃及人和妥劳索伊人的奇怪风俗看起来不近人情,仔细想想,又颇为明智。乐生恶死,是人的自然禀性。所谓文明,往往意味着为自然禀性添加某种"非自然"的视野。以生为桎梏以死为解脱,就是文明添加给人的非自然视野。所谓"非自然"是说,人不能凭借动物本性意识到死、思考死。文明会把这一视野添加到心灵里面。从此,人就不得不向死而生。向死而生,是文明人的忧郁。

文明人的忧郁，来自对自身有限性的体认。对自身之有限性耿耿于怀，人就不能无忧无虑地享受生命。他总会在某个临近极乐的瞬间分神，看到比欢乐大得多深得多的虚空。可当他全力以赴思考虚无时，短暂生命里的那些苦乐偏又无比真切。于是，他必须同时活在两种视野里，既不能全身心相信生命，又不能全身心相信虚无。忧郁，就是在两极之间无所适从，就是不得不终生与无所适从相伴，就是背着这根无所适从的芒刺过生活。

这根芒刺，是文明对人的馈赠。它的最大功效，是治疗兽性的狂热。兽性的狂热，是那种屈从于欲念的不知疲倦的索求。野兽顺从欲念地活着，但野兽不会不知疲倦地求索，捕猎、交配，都止于所当止。野兽固然有兽性，却不会狂热。一个顺从欲念的人，却不知止。那种索求，像野兽一般单一专注，却远比野兽狂热。对这种狂热最好的药石，是让他看见捕猎、交配之外的东西，看见包裹尘世一切的巨大的虚无。

《传道书》开篇：

虚空的虚空，虚空的虚空，凡事都是虚空。人一切的劳碌，就是他在日光之下的劳碌，有什么益处呢？一代过去，一代又来，地却永远长存。日头出来，日头落下，急归所出之地。风往南刮，又向北转，不住地旋转，而且返回转行原道。江河都往海里流，海却不满；江河从何处流，仍归还何处。万物满有困乏，人不能说尽。眼看，看不饱；耳听，听不足。已有的事，后必再有；已行的事，后必再行。日光之下，并无新事。

这"虚空虚空"的景象,正是对效忠欲念之人的唤醒。

然而,唤醒之后,人又该如何生活呢? 当他意识到生之有限,当他从自己的狂热里看到了可笑,他又该怎么办呢?意识到虚空,就该停止生活么?从前,他为欲念的热病所苦。现在,他又要饱受绝望的折磨了。还有什么比清醒地看着虚无更让人绝望呢? 沉睡的人总得醒来,醒来的人又会怀念无忧的沉睡。

究竟该当如何是好?并无现成的公式或答案。伟大的文明,只是把这个问题抛给人,让他带着这个问题行走人间。埃及人的筵席,是埃及人的自我教育。妥劳索伊人的庆生仪式,是妥劳索伊人的自我教育。妥劳索伊人的教育,或许实施得早了些,但无论早晚,人总会遇到这个问题。遇到这个问题,他才真正开始生活。

8 岁到 34 岁,托尔斯泰完成学业,开始写作,游历欧洲,结婚。这十几年,他成为文学明星,跻身顶级的作家、艺术家圈子。他和他的朋友们坚信,世界的未来,就在自己的引领之下。34 岁到 49 岁,托尔斯泰说,痛快享受了 15 年的家庭幸福。写作、农庄事务,都在一种良好的惯性中稳步推进。声名、财富,早就超过了很多人想象当中的顶峰,而且一点也看不出衰落的势头。46 岁开始,托尔斯泰,这个没理由不幸福的人时常觉得惶惶不安。用他的话说,生命停滞了。抑郁和幸福纠缠交错。抑郁渐渐占了上风。每晚回到自己的房间,脱下衣服,他得把衣带拿到房外,生怕自己吊死在衣柜的横梁上。到郊野散步,也不敢带猎枪。而此时,即便在最亲近的旁人眼里,他还是功成名就的幸福的文豪。在幸福的生活中体味彻骨的不幸。托尔斯泰开始认真思考生命到

底是不是一个幻觉,一个玩笑。他借一个东方寓言描述这个彻头彻尾虚无的世界:

很久以前就流传着一个东方寓言,讲一个旅行者在草原上遇着一头猛兽。为了躲避猛兽,旅行者跳入一口枯井,但他看到一条龙伏在井底,张开大口要吞噬他。于是这个不幸的人,既不敢爬出来,怕被猛兽咬死,又不敢跳下井底,怕被龙吞掉,只好抓住长在井壁裂缝中的野生树杈子,吊在上面。

他的手劲快用完了,他感到,他不久就要听任他的死神的摆布,但他一直坚持着。他环顾四周,看到有两只老鼠,一只黑的,一只白的,在他抓住的那根树杈上从容地爬着,啃着。眼看这树杈子就要折断,他掉下去必然落入龙口。旅行者看到这一点,而且知道,他难免一死。

但当他还吊在树杈上的时候,他四下张望,发现树叶上有几滴蜜,于是就伸出舌头舔蜜。

我也是这样挂在生命的枝桠上面,知道那条准备把我撕裂的龙一定在等着我死,而且不理解为什么我会遭到这样的折磨。我也想吮吸原来使我感到快慰的蜜,但那几点蜜已经不能使我高兴了,而白鼠和黑鼠,即白天和黑夜,都在啃着我牢牢抓住的树枝。我清楚地看到龙,蜜对我来说也不甜了。我看到的只有躲避不了的龙和老鼠,而且也不能把我的视线从它们身上移开。这不是寓言,而是真实的、无可辩驳的、每个人都能理解的真理。(《忏悔录》,冯增义译,《列夫·托尔斯泰文集》第15卷)

年近 50 的时候,功成名就的托尔斯泰遇到了他的问题。从此,这个问题一直折磨他,也一直是他的生活动力。从那时起,他又活了 32 年,又写了很多书,仍然没有解决那个问题。在上有猛兽下有毒龙的枯井里,在那根就快折断的树杈上,那几滴蜜究竟是真实的还是虚幻的?恐怕没人能说清。托尔斯泰的最后 30 年是这样的:紧盯着猛兽、毒龙、老鼠,心怀感激舔那几滴蜜。

死亡是生活教育。生活也是生活教育。

没有死亡的视野,生活浅薄而狂热。盯着死亡而不生活,那样的思考造作而虚伪。《青青陵上柏》写了一个人,他看见死亡然后开始生活。

"青青陵上柏,磊磊涧中石。人生天地间,忽如远行客",这是汉语世界的死亡教育。汉语典籍里有足够的词句、意象帮人们意识到生命的有限,以及笼罩所有有限之物的大虚无。意识到有限的生命和无边的虚无,人就永远背上了那根芒刺。从此,他只能在意义与虚幻之间徘徊挣扎。

意识到虚幻,不一定导致放弃生活。相反,人可能紧紧抓住这有限的生命,想要试着从这有限之物里抓住什么确定的东西。

于是,诗人带着那根芒刺走进生活。

他认真喝酒。汉语诗史上,喝酒不是虚无主义,喝酒是向生活致敬。

人生无根蒂,飘如陌上尘。分散逐风转,此已非常身。落地为兄弟，何必骨肉亲！得欢当作乐，斗酒聚比邻。盛年不重来，一日难再晨。及时当勉励，岁月不待人。（陶渊明，《杂诗二首·其一》）

当陶渊明说出"及时当勉励"这句令人奋发的励志格言时，他想的不是功业、财富，而是酒。当他提到喝酒的时候，不是借酒放弃生活，而是用酒标记一种真正的生活。陶翁之意不在酒，在于不曾为流俗意见糟蹋的本真的生活，本真的时间。他要用酒向这样的时间致敬，也要捍卫这样的时间。他同情那些在二手时间里挣扎浮沉过着假生活的人。《青青陵上柏》的主角未必像陶翁那样想那么深，但他的确说"聊厚不为薄"。他知道人生之虚幻，所以打算对人生宽厚些。宽厚的意思是，用一杯酒向生活致敬，而不是故作深刻地诅咒生活，那是对生活的刻薄。

除了喝酒，他还有走进人群，到最热闹的地方见识生活。于是，"驱车策驽马，游戏宛与洛"。前面说"忽如远行客"，这里说"驱车策驽马"，两句话合成一个精彩的人生象喻。人生是促迫的，但人生又急不来，急也没用。就算深感日暮途穷，人也只能迁就驽马老车，在所剩不多的时间里，走那点不多的路。对于心向远方的人，坐在驽马破车上，大概是一种煎熬。但人生就得跟这煎熬相伴。

尽管很慢，他还是到了想去的地方。宛与洛，大都市，算是最宏大的生活舞台了。这个舞台上，他能见识各种人，体尝各种生活。他的身上不是有根芒刺么？或许，等他见了够多世面，有了够多体验，就能拔掉那根芒刺。毕竟，这么大的世界，这么多的人，这么千奇百怪的生活样式，总会有人经历过同样的困惑，总会有人早早解决那些困惑。

大都市的生活图景在他面前展开了。"冠带自相索"，那是华丽狭

隘的富人圈子。"自相索"的意思是，那些人的热闹生活，跟这个看客无关。"长衢罗夹巷，王侯多第宅""两宫遥相望，双阙百余尺"，仍是与他无关的别人的生活。那些生活，他看见，他想象。那样的极致富贵里，一定有极致的快乐，一定有高明的法子，排解人生之苦。

"极宴娱心意，戚戚何所迫"，是他的想象、推理，也是他的怀疑。那些在豪宅宫阙里活着的人，一定是每天喝着最美的酒，做着最快乐的事吧？时时刻刻的快乐，一定会把忧戚挡在外面吧？忙着快乐的人，一定忘了忧戚吧？忙着快乐的人，真的就忘了忧戚么？诗在这个犹疑中结束了。这个犹疑，是他得到的全部生活教育。

诗的开始，这个人意识到那根生命的芒刺。为了学会与那根芒刺相处，他试着厚待生活，见识生活。他的确见识了各种生活。见多识广的他忽然意识到，那根芒刺可能刺在每个人的背上。"斗酒相娱乐"拔不掉，"极宴娱心意"也拔不掉。一杯浊酒、一坛美酒，只是同一枚树叶上的两滴蜜而已。

生活本身就是生活教育，它教人对每滴蜜心怀感激；死亡是更大的生活教育，它教人不崇拜蜜。这个辩证法构成了生活的忧郁。忧郁的克尔凯郭尔说：

> 就我而言，从我幼小的时候起，我的肉里便扎着一根芒刺。若非如此，我早已沉沦世俗而不可自拔了。（《克尔凯郭尔日记选》，晏可佳、姚蓓琴译，上海社会科学出版社，1992年）

青青陵上柏，磊磊澗中石。人生天地
間，忽如遠行客。斗酒相娛樂，聊
厚不為薄。驅車策駑馬，遊戲宛
與洛。洛中何鬱鬱，冠帶自相索。
長衢羅夾巷，王侯多第宅。兩宮
遙相望，雙闕百餘尺。極宴娛心
意，戚戚何所迫。

古詩十九首之青青陵上柏篇　工予

［诗可以兴］

读米沃什

切斯瓦夫·米沃什（Czestaw Mitosz，1911—2004），波兰人，后入美国籍，诗人，得过诺贝尔奖。他用诗和散文记录、思考20世纪的暴政、屠杀，以及暴政、屠杀之下的人的衰颓、怯懦、遗忘、抗争、复活。他的散文有荷马味，诗有新约味。唯有"肉里扎着一根芒刺"的作者，才有这种味道。我常劝思考生活的小朋友读读米沃什。劝说的结果，总是一个人重读。

孩子

我已经太老所以

读诗吧

像个受苦的罪人

孩子

我已经太老老到

只剩下词语

词语是最深的伤口

所以弗罗多离开

山姆才配说我回来了

孩子

我已经太老但你

要跟那些

能够说是的人

交朋友，但你

要学会辨认

作为词语的是

和作为人的是

孩子

我已经太老但你

要当心

别把诗翻译成词语

每句诗都是死刑的证词

人民不喜欢诗

人民不喜欢散文

人民吼叫

孩子

我已经太老所以

请别迷信时间

1492 年的树

1687 年的树

1867 年的树

1917 年的树

多么粗鄙的词语

辱没了全世界的树

以及全世界

树可没被逐出伊甸

一棵也没有

连那一棵也没有

孩子

我已经太老所以

请热爱见到花就笑了的人

笑着受苦的人

从不感谢苦难但会笑的人

用笑羞辱孔德之子达尔义之孙的人

认真放牧认真想家的人

历史学家不知道的人

孩子

我已经太老

曾在一列很老的地铁上

读米沃什

.

四

今日良宴会

今日良宴会

今日良宴会，欢乐难具陈。 1

弹筝奋逸响，新声妙入神。 2

令德唱高言，识曲听其真。 3

齐心同所愿，含意俱未申。 4

人生寄一世，奄忽若飙尘。 5

何不策高足，先据要路津。 6

无为守穷贱，轗轲长苦辛。 7

〔诗脉〕

1.良宴会:良,善也。难具陈:具陈,备陈。宴会之美好,语言难以备述。第一句,是说盛大的令人满意的筵席。

2.奋逸响:奋,起;逸响,纵逸之声。妙入神:一曲新声,变化莫测,曼妙通神。二句继续说筵席之美。筝歌奏起,新声入神,发人纵逸之豪情。说筵席,不说酒,而说乐。《小雅·宾之初筵》说:"宾之初筵,温温其恭。是曰既醉,不知其秩。"酒到多时,让人颓乱。乐到深时,反让人振起。

3.令德唱高言:令德,善德,歌者之德;高言,高尚之言,指歌者之歌。识曲听其真:真,歌者之真意。歌者之意,听者识之。筵席美好,席中人在高歌中彼此相识相认。如无此歌,席中人纵使相识,亦不真切。

4.齐心同所愿:人在歌中相认,乃知彼此心愿相通。含意俱未申:含意,有宏愿藏于心。俱未申,此愿不得伸展于世。先言"同",再言"俱",反复申说知音、同志之感。以下数句,乃知音、同志之间的酒中肺腑之言。

5.寄一世:人生之暂时感,虽云一世,仍是寄居。奄忽若飙尘:奄,速。飙:上行之风,古书谓扶摇。飙尘,尘随风起,言其不由自主。"奄忽若飙尘",风中之尘不由自主,且转瞬寂灭。人生如此飘忽促迫,生命力健旺之人必须在飘忽促迫里抓住些什么。由此引出后两句。

6.何不策高足:高足,良马。策,鞭策。何不,知音、同志彼此勉力。

先据要路津:"要路津",水陆要道。上句说人生促迫,此句说因此人当努力做些事情。但发此豪言的是什么人呢?既说"何不",则有至今尚未之意。既说"先据",则有已然落后之意。原来,这是两个有宏愿而不得志的人,忽然相遇,相认,用恐怕为时已晚的豪言彼此激励。

7.轗轲:车行不利。未能策高足,据要津,故车行轗轲。车行轗轲,即人不得志。无为:不要,何必之意。说不要,说何必,则说者此刻正身处穷贱、轗轲、苦辛之中。诗从欢宴始,以愤激终。激发愤激之语的,是知音、同志的相遇相认。没有知音、同志的相遇相认,欢宴只是寻常的欢宴。既有知音、同志的相遇相认,必定说些寻常欢宴不能说、说不出的话。守不住穷贱的人,不会知道其中的"轗轲""苦辛"。苦守穷贱又有壮心满怀,行路艰辛又见鼠辈得意,于是说出那句"何不策高足,先据要路津"的痛快酒话。

〔诗旨〕

张庚:此因宴会而相感于出处之诗。

姜任修:欲及时也。

拟今日良宴会

陆机

闲夜命欢友，置酒迎风馆。

齐僮梁甫吟，秦娥张女弹。

哀音绕梁宇，遗响入云汉。

四座咸同志，羽觞不可算。

高谈一何绮，蔚若朝霞烂。

人生无几何，为乐常苦晏。

譬彼伺晨鸟，扬声当及旦。

曷为恒忧苦，守此贫与贱。

［外传］

这首诗，前辈读者多少觉得有些困扰。主要因为那句"何不策高足，先据要路津"。依据某种雅趣，这句话太俗了。它很容易让人想起"出名要趁早""占据资源"和"把握时机"一类的成功学名言。更好玩儿的是，它要说的，的确就是那个意思。一首古雅的诗，怎么可以如此直白地说出这样的话呢？

这首诗偏偏说了，而且说得毫不隐晦。正因为说了这样的话，这首诗才是一首惊心动魄的诗。正如《行行重行行》的"努力加餐饭"，《青青河畔草》的"空床难独守"，有了最不像诗的一句，诗才成为诗，才成为好诗。

读诗就是这样。草草读过一首诗，有些突兀的句子会跳出来，似乎跟它的周遭语境格格不入。再耐心些，那些看似突兀的句子就融进诗里。一首好诗，往往是一个有趣灵魂的传记片段。那些乍看突兀的句子，很可能是领会这篇传记的钥匙。对这样的诗，得有些耐心。得把突兀的句子看成灵魂在特定瞬间的吐露，而不是一句贴在墙上的标语。

是谁说出"努力加餐饭"呢？是一个苦等离人、在绝望憔悴里煎熬、仍然不想放弃的女子。从她的灵魂里吐露出来，"努力加餐饭"不是励志标语，而是一句动人心魄的诗。是谁说出"空床难独守"呢？是一个饱受侮辱损害却在春日焕发生机的美丽女人，从她的灵魂里吐露出来，"空床难独守"不是一桩社会新闻，而是一句动人心魄的诗。

是谁说出"何不策高足，先据要路津"呢？好像是这样的两个人：

他们参加一场美好的筵席。他在筵席上唱起歌，他从歌声里认出了他："原来，他也是跟我一样的人。"既然因为偶然的宴会、偶然的歌相遇、相认，那么此前，他们大概都是孤独的。

两个孤独的人忽然相遇、相认了。心里的意气，彼此默契；现实的处境，彼此明白。一个说：真正的我，不应该是现在的样子，我还有很要紧的事要做，我还得变成更好的人。另一个说：原来你也这样，我还以为只有我是这样。这样的话，是不可以在寻常筵席上对寻常朋友说的。说了，也只能被当成牢骚、虚骄、幽怨。可是，说给懂的人听，那人一下子就懂了。

歌唱了，酒喝了，彼此明白了。原来，这是两个活得很苦的人。苦，可以是外部的，也可以是心里的。对于心里装着激情、豪气、理想的人而言，外面的世界总是逼仄促迫的。外面的逼仄促迫并非不能忍耐，可心里的激情、豪气、理想总想释放、伸展、实现。欲释放、伸展、实现而不得，那是很苦的。那个苦里，不只有生活的艰辛，还有时间的逼迫。心里越是抱着尘世渴欲的人，越是时时感到时间的虚耗，命运的无常。这些话，原本也是不能在寻常的筵席上吐露的。现在，全都说出来了。

这样的两个人，心里有庄严的志气，也各自守着辛苦的生活。几杯酒一支歌的工夫，他们就把全部生活袒露出来了。袒露之后，他们终于可以放松一下，宣泄一下。两个最好的朋友在一起，不能总是正襟危

坐,总得笑一笑,哭一哭,骂几句脏话。于是就有了这句"何不策高足,先据要路津"。

这是两个身处坎坷、苦辛的人,他们当然看得到那些志得意满、左右逢源的成功者。"沉舟侧畔千帆过,病树前头万木春"。如果真是沉舟、病树,肯定不会对千帆、万木心生愤慨。因为它们本来就心如死灰无所期待。可这是两个心里豪情充溢的人,他们不是生活的看客。看着外面世界的熙熙攘攘,他们也有强悍的生机需要宣泄。对那些早早策高足、据要津的人,他们或许也羡慕,也嫉妒。但这都无关紧要。重要的是,他们也渴欲一个机会、一个地位。他们当然深信,自己比那些碌碌之辈更配得上那样的机会、地位。这样的话,同样不是寻常筵席上的场面语。场面语,唯求体面、正确。心心相契的朋友,则不必顾忌。他说"何不策高足",他不会因此当他是热衷名利、钻营的轻薄子。他说"先据要路津",他也不会以为他要放弃一生的持守。持守、原则之类的事,早已心照不宣。这一刻,是朋友之间无须顾忌的性情绽放。

诗的使命不是颁布正确的道德,而是让有趣的灵魂在有趣的时刻展开,显露。

公孙丑问孟子:"夫子加齐之卿相,得行道焉,虽由此霸王不异矣。如此,则动心否乎?"那意思是说:夫子啊,如果给你机会,让你站在齐国的要路津,由此成就一番功业,你动心不?孟子的回答很著名:

我四十不动心。

孟子的"不动心"是伟大的德性。用孟子翻译孟子,就是"富贵不能淫,贫贱不能移,威武不能屈"。跟"不动心"相连的,是"浩然之气"。跟"富贵不能淫"相连的,是"大丈夫"。心有浩然之气,才是大丈夫。孟子讲述"浩然之气"和"大丈夫",讲出一种澎湃的诗情。但诗,不能只有这一种。"富贵不能淫,贫贱不能移,威武不能屈"说的是伟岸丈夫的"不动心"。《今日良宴会》说的是两个孤独持守的丈夫偶然相遇的动心时刻。

"不动心"里,有浩大的诗意。人间还有千姿百态的"动心"瞬间,同样诗意盎然。"不动心"的诗意,来自人性之光采。千姿百态的"动心"里,同样有人性的绽放。"空床难独守",是绽放人性的动心时刻。"何不策高足,先据要路津",也是人性绽放的动心时刻。这样的时刻,往往让我们对人之为人有更深细的理解。往往是在这样的时刻,我们看到我们自己。

"空床难独守"里没有什么道德训诫,但那里有一个人,有一段侮辱与损害浇不灭的人性生机。"何不策高足,先据要路津"里也没有什么道德训诫,但那里也有人,有辛苦坚守之人的愤激和渴欲。从一个看起来不雅驯的句子里认出一个人,也就认出了我们自己。

至少,那场筵席,那宴会上的歌,那歌里的相认,那相认后的倾吐,那倾吐到最后的愤激,我似曾相识。不是每场筵席都有兄弟相遇相认。兄弟相遇相认,属于生活里的奇迹。知道兄弟是谁的人,才能认出兄弟。知道兄弟是谁的人,首先得知道自己是谁。那些从未坚守过什么,只知钻营"要路津"的人,根本不可能在筵席上认出兄弟。因为他们根本没有自己。那种没有兄弟相认的筵席,我参加过太多。整个晚上热热闹闹,其实空无一人。所以,我珍惜《今日良宴会》。它写的是一个奇迹

般的晚上，热闹吵闹中，竟有兄弟相认。欢宴将终，兄弟互道珍重，顿下酒杯握住手："妈的！兄弟，咱们得成事儿啊！"这句俗白的话里，有多少委屈、愤懑、坚持、盼望，只有经历过的人才知道。

以白话释其义，新而不离自然源。

禅说书画色之著，新辞

妙入神，之泥唱言之浅也记其其

高而自而雅之言理求申人生

之一意为二为龐庵归入众荣宽

高之先授要诸津甚为为宽

联机柏毛游二千 庚子杏月石樵

[诗可以兴]

兄弟

汉语诗,曾经不只有风花雪月,还有严厉与正大。汉语诗人,曾经用最素朴的词语讲述人之为人、生活之为生活。不知为何,那个时代终结了。那个终结的时代,被后人打上"原始""幼稚""萌芽"的标签。我说的那个时代,是《诗》三百和《离骚》的时代。越上年纪,越觉得从《诗经》那里学到的东西,比别处多。学着学着,忍不住用拙劣的语言仿写一段,我名之曰"描红"。

兄弟,长夜已降

不要打探长夜何时终结

你我的职责,是在长夜里做神的子民

兄弟,切莫轻信报晓的啼鸟

光明爽约的日子切莫害怕失眠

光明爽约就清楚看着黑暗

就思念父母

那些幸未遭遇黑暗的银色生灵

兄弟，酒是黑暗的饮品

醉是黑暗的盟军

沦陷于黑暗的最美姿态

是忘记黑暗的黑

别用酒腌渍记忆

关于光

神给过我们记忆唯有一次的记忆

兄弟，匍匐于地上的兄弟

请护惜匍匐于全地的苍生

他们善于觅食哄抢恚怒杀戮

可他们是光明的遗腹子

就请训教他们如同训教自己

就任黑暗挖苦

就做谈论光明的遗老遗少

兄弟，切莫轻信报晓的啼鸟

切莫无视啼鸟的飞翔

天地腥黑

总有生灵分得清天地

啼不来光明的啼鸟仍要冲上高天

黑暗是命运飞翔才是职责

兄弟，不必操心你我的下场

没什么比死更可怕

没什么比死更不可怕

那些饕餮死亡的盲眼食腐者

总有一天无肉可食

它们迟早会想念满地的谷物

食谷的弱者

想念光

兄弟，长夜已降全地冰封

第一轮太阳照耀的不是春花是洪水

黎明即起洒扫庭除的洪水

就请战战兢兢就请祈祷

不为活

为做神的子民

诗·小雅·小宛

宛彼鸣鸠，翰飞戾天。

我心忧伤，念昔先人。

明发不寐，有怀二人。

人之齐圣，饮酒温克。

彼昏不知，壹醉日富。

各敬尔仪，天命不又。

中原有菽，庶民采之。

螟蛉有子，蜾蠃负之。

教诲尔子，式榖似之。

题彼脊令，载飞载鸣。

我日斯迈，而月斯征。

夙兴夜寐，毋忝尔所生。

交交桑扈，率场啄粟。

哀我填寡，宜岸宜狱。

握粟出卜，自何能榖？

温温恭人，如集于木。

惴惴小心，如临于谷。

战战兢兢，如履薄冰。

五

西北有高楼

西北有高楼

西北有高楼，上与浮云齐。1

交疏结绮窗，阿阁三重阶。2

上有弦歌声，音响一何悲！3

谁能为此曲，无乃杞梁妻。4

清商随风发，中曲正徘徊。5

一弹再三叹，慷慨有余哀。6

不惜歌者苦，但伤知音稀。7

愿为双鸿鹄，奋翅起高飞。8

〔诗脉〕

1.西北有高楼:李善:"此篇明高才之人,仕宦未达,知人者稀也。西北乾位,君之居也。"李周翰:"此诗喻君暗而贤臣之言不用也。西北乾地,君位也。高楼言居高位也。浮云齐,言高也。"这是古人的读法。渊博如李善者,对"西北""高楼"一类的异象格外敏感,会很自然联想到君臣际遇。古人读书本来如此。不过,古人的敏感,对今天的读者的确有帮助。"西北"乃尊位,"浮云齐"乃高处。首句说琴声从尊且高之处传来,引起楼下听者遐思。琴音、听者之间,有地位悬搁。这点,确实要紧。

2.交疏结绮窗:交疏,窗棂刻镂。绮窗,绮,织物有文采;绮窗,窗棂交错刻镂如文绮。阿阁三重阶:阿阁,楼阁四面皆有檐溜。三重阶,言阿阁之高。一、二两句,言琴声来处,既高且尊,庄严美丽。

3.上有弦歌声:引出歌声。音响一何悲:一何悲,乃听者之感受。一、二句写听者的视觉,此句写听者的听觉。全诗只是楼下听者的心灵活动。

4.谁能为此曲:听者由琴声而揣想。无乃杞梁妻:杞梁妻,崔豹《古今注》:"杞梁妻者,杞殖妻妹朝日之新作。殖战死,妻曰:上则无父,中则无夫,下则无子,人生之苦至矣。乃声长哭,杞都城感之而颓,遂投水死。其妹悲姊之贞操,乃作歌曰《杞梁妻》。"梁,殖字也。无乃,莫非。听

者听闻悲声,揣想弹琴之人。既曰"无乃",则此曲并非《杞梁妻》。然其声悲切,歌者定有杞梁妻那样的大苦、大悲。此句,听者由琴声揣想楼上人的命运、心境。

5.清商随风发:商,《汉书·律历志》:商为金声,居西方,时序为秋。清商,凄清悲凉之声。中曲正徘徊:中曲,曲之中段。正徘徊,琴声舒迟旋转,一唱三叹,不欲终结,不忍放下此悲此苦,一如人之倾诉。

6.一弹再三叹:楼下听者似乎听闻琴中叹息之声。慷慨有余哀:慷慨:《说文·心部》:慨:忼慨,壮士不得志也。有余哀,叹息再三,仍有未尽之哀愁。听者由琴声之哀,感到歌者之哀,感到琴声之外、叹息之外无尽之余哀。

7.不惜歌者苦:第四句说,听者揣想歌者有杞梁妻那般大苦、大悲。此句又进一层。不惜,并非不惜,只是尚有比歌者之苦、悲更令人痛惜之事,即世间无人在乎、领会这苦这悲。但伤知音稀:听者对歌者之悲苦感同身受,而世间人却冷漠以对。琴歌从西北高楼飘落,或许只有听者一人驻足、倾听、揣想、感叹。道上路人,皆面无表情经过、远去。此句,听者深感世人之冷漠,由此揣想歌者遭受的冷漠。

8.愿为双鸿鹄,奋翅起高飞:鸿鹄,一本作"鸣鹤"。鸿鹄,即今所谓天鹅,善高飞。阮籍《咏怀》之四十三:"鸿鹄相随飞,飞飞适荒裔。"诗中凡曰鸿鹄,皆有远离尘器之意。上句言世间冷漠,此句欲相携高飞。全诗一至七句,皆听者之观、听、想。直至末句,听者竟似对一全然陌生之人理解甚深,生出陪伴、拯救之念。然而,所有一切,皆与歌者无关。原来,听者自己就是悲苦孤寂饱尝世间冷漠之人。陆时雍说此诗之意趣:"抚衷徘徊,四顾无侣……空中送情,知向谁是。"

〔诗旨〕

张庚：此抱道而伤莫我知之诗。

姜任修：闵高才不遇也。

拟西北有高楼

陆机

高楼一何峻，迢迢峻而安。

绮窗出尘冥，飞升蹑云端。

佳人抚琴瑟，纤手清且闲。

芳气随风结，哀响馥若兰。

玉容谁能顾，倾城在一弹。

伫立望日昃，踟蹰再三叹。

不怨伫立久，但愿歌者欢。

思驾归鸿羽，比翼双飞翰。

［外传］

茨威格很会写那种绝望的、唐捐的、没有收件人的感情。

《雨润心田》(原题为《女人和景物》)是一篇速写。一个似乎是在蒂罗尔山谷避暑度假的男子,在苦热的一天,等一场透雨。他异常焦躁、颓唐。植物枯萎,树叶凋零,溪流干涸,世界沉沦。他觉得,内心的生机也随着世界的沉沦而沉沦。茨威格没有告诉读者这个男子的生活故事。他只写这个男子的敏感。这个男子不只是感到热,还从热里感到某种悲剧性的东西。他没办法说出那种东西,他觉得旅馆里所有人都该感受得到同样的东西。可是,旅馆里的人们都无动于衷,仍旧重复着乏味的日常生活。似乎没人像他那样盼望一场雨,似乎没人像他那样把一场雨当成一场心灵的治疗。

起风了,雨好像真的要来。人们从四面八方奔跑,躲避,搬东西,关窗户。只有那人纹丝不动,站在户外,极度兴奋,缄口不语:

> 我整个身心都憋着一声呼喊,见到第一次闪电时的一声喜悦的呼喊,这声呼喊已经升到我的嗓子眼了。

然而雨还没来。旅馆里的人还是那样无所谓的麻木。这时,男子忽然听到身后一声叹息。那声音"是从痛苦的内心里突发出来的":

但愿马上就下雨吧！

他转身,看见一位姑娘,

贪婪的目光聚精会神地注视着高空,注视着团团云层。

他看着她,她丝毫未曾注意他。他觉得,她是唯一和他一样从灵魂里感到干渴的人,甚至,她就是"干渴的化身"。

直到晚上,雨还没来。旅馆里的人们一如故常地吃晚餐,喝酒,聊天,杯盘叮当。男子感到愤怒,恨每一个人:

他们吃饱喝足,在那里憩歇,对世界的痛苦漠不关心,快要渴死的大地的胸腔里无声的癫狂正在激荡,而他们对此却无动于衷,因此某种嫉妒袭上我的心头。我的视线向所有的人扫了一遍,想看一看是否有人和大地有同样的感觉,但是所有的人好像都没精打采,无动于衷。这里全都是恬静安逸的人,呼吸着的人,清醒的人,没有感觉的人,健康的人,只有我一个病人,一个正在发着世界的高烧的病人。

他觉得,只有那个渴雨的姑娘跟他有关。他不知道她是谁,却贪婪地想念她。

入夜,依然闷热,雨还没来。旅馆里所有人都睡了,只有他醒着。他

发现，她就站在房间的窗前。他抚摸，亲吻。她说：

多闷啊！我真怕！我真怕！

很快他发现，胳膊上抱着的，是一个梦游的姑娘。她不知道自己在做什么，不知道自己在睡梦中站到陌生房间的窗前，等一场雨。

姑娘在他的房间安稳躺下，沉睡。忽然狂风大作，电闪雷鸣，雨来了。一个闪电，姑娘睁开眼，惊恐地跃起，推开房门，冲出去。男子打开窗子，让风雨涌进来，头发都湿了，冰冷的水珠一滴一滴往下掉。他狂喜，

像大地一样往体内吮吸清凉。

天地的生机回来了，他好像被治愈了。

第二天，他又在餐厅遇见那个姑娘。她不知道昨晚的事情。她跟家人有说有笑，活泼爽朗，稚气未脱。她是一个跟旁边的人没什么区别的、无忧无虑的小姑娘。

几年前读这篇，只觉得里面有个神经质的男人，既不理解，也不同情。读过就抛到脑后，只有那场迟迟不来的雨，多少留下点印象。很多年后，在课堂上讲《西北有高楼》，不知怎么，就想起了茨威格的故事，想起那场雨。

茨威格的故事，该当成诗读。他写的是一个干渴的灵魂，一个在干

渴中孤独着的灵魂。这样的灵魂等待治愈。只有两种治愈的机会。要么，等来一场豪雨；要么，遇见另一个干渴孤独的灵魂。遇见本身，就是疗救，哪怕不是治愈。

一个干渴孤独的灵魂时刻期待遇见，对他而言，连这期待也是残酷的事情。尤其当他走在人群中的时候。人群，太清醒，太健康，太成熟，太体面，太见多识广，也太冷漠。人群关心的，似乎只有规规矩矩的正确生活，今天的日子照搬昨天的日子，未来的日子重复今天的日子。这样的日子，无比正确，因此不存在干渴，更容不下孤独。对于过着无比正确的日子的人群而言，干渴、孤独，只是无法理解、不值得理解的病态。所以，越是走进人群，那个干渴孤独的心灵，就越孤独，越渴。

但他还是渴望遇见。他不愿错过任何遇见的征兆，哪怕只是一句话，一个眼神，一支歌，一声叹息。这种遇见，属于灵魂的事情，可以在一瞬间发生，也可以在一瞬间结束。这种遇见，不需要遵守那些人群的习惯和规则；一个人对另一个的盘问、调查、摸底、算计。人群的习惯和规则，只适用于肉身与肉身瓜葛。他要的遇见，不需要这些。他要的，只是得知还有与自己相似的灵魂。

在发现"相遇"这件事上，他要多敏感有多敏感，要多莽撞有多莽撞。他敏感，会忽然从全然陌生的人那里找到前世今生般的亲近。他莽撞，根本不向那"亲近感"索要人证、物证、回报和终局。真正重要的，只是遇见的那个瞬间。那个瞬间，把他从人群里解救出来。他终于相信，世上不只有人群，还有人；不只有众声喧哗，还有歌；不只有拥挤，还有伴随。从此，他能想到的不只有人群里的生存，还有和一个人在一起的生活。

茨威格那篇无甚情节的速写,就写这样一个干渴、孤独、渴望遇见的灵魂。《西北有高楼》也写了一个这样的灵魂。

整首诗,都写一个听歌的人。歌从楼上飘来。那楼,巍峨富贵,高不可攀。楼上的世界,与楼下天地悬搁。那是与他无关的世界,但他竟然了解其中的一个人。那个人弹琴、唱歌、叹息。他从琴声、歌声、叹息声里听出了这人的命运。这人的命运不只有悲苦,还有世人的冷漠。他疼惜,也愤慨。他疼惜这悲苦的歌和歌中人。他愤慨:这样一个真切的生命,这样一种真切的悲苦,怎么竟会没人在乎。他在楼下听歌。他觉得楼上没人懂得那歌,楼下的人群也不在乎那歌。天地之间,好像只有自己跟那歌者有关,好像只有那歌者跟自己有关。于是,他想象鸿鹄双飞,奋起天外。这当然是不可能实现的想象。但它的意义不在于实现,而在于想象本身。那个想象喻示一股心灵力量:他不再只是被人群吞没、毫无办法的零余者,他有胆量向往另一种生活,因为他在刚刚那一瞬间遇见了一个人。至于下一个瞬间会怎样,不重要。下一个瞬间属于另一个故事。或许,他继续赶路,再没有重过那楼,再没有重听那歌,世界一切如旧,什么都没发生。可对一个干渴孤独的灵魂,那一刻真真切切地发生了,那很重要,比什么都重要。

《西北有高楼》的主角是谁呢?是歌者么?对楼下的听者而言,楼上的歌者是唯一的主角。他驻足倾听,让一个陌生的灵魂在自己的心里展开,显出形状、性格,乃至命运。可在这个过程里,他自己的灵魂也向读者展开了。这是一个渴望"遇见"的灵魂,全凭渴望,他在高楼之下人群之中经历了一场"遇见"。从那悲苦孤独的歌里,他遇见一个人,也遇见自己。

不是所有"遇见"都要有后来和终局。"遇见"本身就是治愈和救赎。它让心怀渴欲的人敢于渴欲。那渴欲,原本快要被人群湮灭。

古代读者仍然会从诗里读出君臣际遇。明代刘履《选诗补注》:

> 曾原曰:"此诗伤贤者忠言之不用而将隐也。高楼重阶,比朝廷之尊严;弦歌音响,喻忠言之悲切。杞梁妻念夫而形于声,此则念君而形于言。徘徊而不忍忘,慷慨而怀不足,其切切于君者至矣。歌者苦而知音稀,惜其言不见用,将高举而远去。"此说得之。愚按:《玉台集》以此篇为枚乘作,岂乘为吴王郎中时,以王谋逆,上书极谏不纳,遂去之梁,故托此以寓己志云尔?篇末有双鹤俱奋之愿,意亦可见。

这是很有代表性的读法。古代读者眼中,高楼、男女,无一不是君臣关系的象喻。如此解诗,现代读者难免觉得胶柱鼓瑟。可是,古人的看法实在不无道理。

前面反复提到"干渴孤独的灵魂"。所谓干渴、孤独,不是抽象的空话,而是具体生活中的刻骨体验:一个渴望爱人却无人可爱的女子,有这种体验;一个心存孤忠却遭君王疏远的大臣,有这种体验;一个行道传道却被世人误解咒骂的圣徒,也有这种体验。体验与体验,本就相通。诗,用来照亮体验。一首诗,能够照亮一个女子的爱情体验,也就能够照亮一个忠臣的政治体验,同样也能照亮一位圣徒的天道体验。或者说,三种体验本就是一种:灵魂的渴欲,渴欲的受挫;当然还有,两个渴欲着、受挫着的灵魂的相遇。

谈《行行重行行》时讲过孔子绝粮的故事。《史记·孔子世家》里，这个故事有更加震撼人心的版本：

> 从者病，莫能兴。孔子讲诵弦歌不衰……孔子知弟子有愠心，乃召子路而问曰："《诗》云匪兕匪虎，率彼旷野。吾道非邪？吾何为于此？"子路曰："意者吾未仁邪？人之不我信也。意者吾未知邪？人之不我行也。"孔子曰："有是乎！由，譬使仁者而必信，安有伯夷、叔齐？使知者而必行，安有王子比干？"

大意是说：孔子绝粮，弟子尽皆衰颓，唯有孔子精神焕发，弦歌不辍。他知道弟子们心中委屈愤懑，就分别找他们谈话。先找子路谈。孔子吟诵《小雅·何草不黄》的句子：

> 匪兕匪虎，率彼旷野。

这句诗是说，人的命运何其悲苦，既非野兽，却像野兽那样被命运抛撤在旷野。孔子对子路说：这不就是此时此地我的境遇么？孔子问子路：我们因何落到如此地步呢？子路回答：世人不相信我们，大概是因为我们还不够好吧？大概是因为我们所谈所行，还不够完善吧？孔子说：要是做得够好就能让世人相信，世上哪里还会有伯夷、叔齐？孔子觉得，子路不理解自己。

孔子又叫来子贡，仍然吟诵同一句诗，问同一个问题。子贡的回

答是：

> "夫子之道至大也,故天下莫能容夫子。夫子盍少贬焉?"孔子曰:"赐,良农能稼而不能为穑,良工能巧而不能为顺。君子能修其道,纲而纪之,统而理之,而不能为容。今尔不修尔道而求为容。赐,而志不远矣!"

子贡说:夫子所做,已经足够好。只不过,为了与世人相处,你不妨降低水准,稍稍迁就世界。孔子说:好的农夫和好的匠人,只能凭着手艺和良心,精益求精地劳作。他们怎么能为了销路而降低水准迁就顾客呢?难道我们修道行道只是为了在世上找到销路么?赐啊,你的志向不够高远啊。

子贡出去,颜回入见。还是同一句诗,同一个问题。颜回的回答是:

> 夫子之道至大,故天下莫能容。虽然,夫子推而行之,不容何病,不容然后见君子! 夫道之不修也,是吾丑也。夫道既已大修而不用,是有国者之丑也。不容何病,不容然后见君子!

颜回说:老师啊,你所行之道很好。我们修道行道之人,唯一要关心的,是道本身。如果道是正道,我们的行为也不曾歪曲辱没它,那么我们就没什么好担心的。我们传道于世人,世人却不能接受,那是世人的耻辱和遗憾,不是我们的耻辱和遗憾。所以,我们今日的境遇是行道

而不见容于世界。但是,"不容何病,不容然后见君子"。

孔子欣然而笑曰:

> 有是哉颜氏之子! 使尔多财,吾为尔宰。

孔子说:想不到颜家的后生竟能说出这样的话啊!假若你发了财,我要去给你当管家。

在困厄中弦歌不辍的孔子,很孤独。听到颜回那句"不容然后见君子",他终于在旷野中遇见一个懂得他的孤独的人。最后那句欣然笑谈,相当于他的"愿为双鸿鹄,奋翅起高飞"。

西北有高楼，上与浮云齐。交疏结绮窗，阿阁三重阶。上有弦歌声，音响一何悲。谁能为此曲，无乃杞梁妻。清商随风发，中曲正徘徊。一弹再三叹，慷慨有余哀。不惜歌者苦，但伤知音稀。愿为双鸿鹄，奋翅起高飞。

庚子春

〔诗可以兴〕

死屋手记

陀思妥耶夫斯基写过两部"手记"。《死屋手记》写大地上的人，写大地上的人的罪与爱。《地下室手记》写人的沦陷。当人从大地沦陷到地下室，他就丧失了罪感，也丧失了爱的能力。读了这两篇"手记"，再读陀老那些"大书"（《罪与罚》《卡拉马佐夫兄弟》……），好像知道他要说什么了。至今还记得《死屋手记》里那些健壮的罪人，记得他们对自由的渴望。

我只能偶尔看一眼

那片草原、草原上酣畅的

乌云和雷雨，它们都在

沙皇的哨所之外

我只是偶然想起

草原上的一株草

看见了星辰或闪电

便不再崇拜黑暗的草

那样的草仍然是草

他的一生无非草的一生

雨夜骄阳露珠羊群马蹄野火

不多不少，只是草原的

新陈代谢，可是

他还是别的，还是

一株草仅仅受造一次的草

见识过撕裂黑暗的闪电和星辰

的草，连草原都不崇拜的草

我只是偶然看见了

那样的草

薄暮时分

站在台阶上

看着收工的狱友

我心里喊道

一座死屋

这就是世界了

我仅剩的世界了

不管愿不愿意

我都得活着

跟这些同样活着的人

活在一起，或者死在一起

厌恶他们或者懂得他们

不管厌恶多久

都未必懂得他们

直到遇见

那位每晚念圣经的

库库什金大叔

花白胡子的库库什金大叔

永远不生气的库库什金大叔

忽然逃跑，又忽然回来

受了五百下鞭刑之后

计划着下一个春天的逃跑

库库什金大叔

从不歌颂草原

草原没啥好的，不过呢

在上帝眼皮底下

只要跟星星道声晚安

就可以睡到明天

六

涉江采芙蓉

涉江采芙蓉

涉江采芙蓉，兰泽多芳草。1

采之欲遗谁，所思在远道。2

还顾望旧乡，长路漫浩浩。3

同心而离居，忧伤以终老。4

〔诗脉〕

1.芙蓉:郭璞《尔雅注》:"别名芙蓉,江东呼荷。"郑玄《毛诗·山有扶苏笺》:"未开曰菡萏,已发曰芙蕖。"兰泽多芳草:《本草拾遗》:"兰草生泽畔。"陈柱:"二句谓涉江原欲采芙蓉,而涉江之后,且有兰泽,内又多芳草也。"芙蓉,所期之美。兰泽、芳草,不其然遇见之美。

2.采之欲遗谁:《九歌·山鬼》:"折芳馨兮遗所思。"遗:赠。所思在远道:远道,指向旧乡之道。第一句写采择芳草,第二句写心念旧乡。采择此地之芳草,发见此地之芳草,乃欲馈赠远方之旧乡。这是一个惊心动魄的思乡之象。

3.还顾望旧乡:第三句始点出旧乡。盛大的乡思,从采芳草写起,纡徐不迫。长路漫浩浩:漫,路长。浩浩,无尽。原来,旧乡遥遥,邈不可归。既如此,采择芳草,岂非徒劳。诗的力量,正在此处:我之思乡,已与还乡无关。归路遥遥归期无望,我能守住的,只是盛大美好的乡情。

4.同心而离居:旧乡有同心之人,朋友邪?妻子邪?同道邪?不可知,亦不必知。忧伤以终老:世间当然有终究回不去的旧乡,终究不得见的故人。因此当然有必须终生承受的忧伤。很多时候,"同心而离居"是生活的常态;很多时候,"忧伤以终老"也是生活的宿命。读诗至此,读者方才恍然:诗里有一位带着终老之忧伤采择芳草的人。他有回不去的旧乡,因此,脚下每寸土地的美都与旧乡有关。

〔诗旨〕

张庚:此亦臣不得于君之诗。

姜任修:忧终绝也。怀忠事君,死而不容自疏,岂间于远乎。

拟涉江采芙蓉

陆机

上山采琼蕊，穹谷绕芳兰。

采采不盈掬，悠悠怀所欢。

故乡一何旷，山川阻且难。

沉思钟万里，踯躅独吟叹。

［外传］

这首诗，可以与《行行重行行》对读。

《行行重行行》写在家人的等待。《涉江采芙蓉》写离家人的思念。在家人的煎熬，是不知离人何时归来。离家人的忧伤，是知道此生再不能回去。奥德修斯拼尽才智重返故乡，那是伟大的英雄气概。回不了家的人，为回不去的家采一捧芳草，那里也有一种英雄气概。

《古诗十九首》里的诗，几乎都写得平静温柔，不动声色。我却总愿从中读出"惊心动魄""英雄气概"。"惊心动魄""英雄气概"，不必非得山呼海啸，疾声厉色。"风雨如晦，鸡鸣不已"，就是英雄气概，就惊心动魄。"良农不为水旱不耕，良贾不为折阅不市，士君子不为贫穷怠乎道"（《荀子·修身》），就是英雄气概，就惊心动魄。在残酷的生活里不动声色地守住些什么，这样的故事里都有惊心动魄的英雄气概。

《行行重行行》守住的是等待。《青青河畔草》守住的是生机。《涉江采芙蓉》守住了什么呢？我体味了很多年。如今我会说，它守的是一份没有报偿的关系。

尽管只有四句。这四句讲了比《奥德赛》更残酷的故事。奥德修斯注定要回家。他需要的，只是勇气和忍耐。《涉江采芙蓉》里的人，没有展现勇气、忍耐的机会。他的终局早早就已颁布：回不去。他必须终身做个异乡人。

只有未经世事的少年读者才会质问:他为什么不勇敢地踏上还乡之路,为什么不与命运抗争。他们迟早会知道,"同心而离居,忧伤以终老"不是什么偶然发生的逸事,而是生活的常态。正如"有死"是必须背负终生的芒刺,"离别"也是。它们都是人之有限性的标识。

人得背负芒刺生活,还得活得像个样子。比如,他明知必死,还得珍重生活。比如,他明知永别,还得想念。《涉江采芙蓉》就写这种终身背负芒刺的思念。这种思念,不需要声嘶力竭,哭天抢地,甚至都没有《行行重行行》那种憔悴凄楚。思念故乡的人,只是平静地,甚至美丽地活在异乡。

《涉江采芙蓉》的美好之处,就在于从异乡写起。"涉江采芙蓉,兰泽多芳草",那是何等美好丰盈的异乡。知道如何思念的人,不会因为想着远方,就错过眼前和脚下。那种以故乡之名,走到天涯便抱怨、咒诅到天涯的人,多半也不太会善待故乡。《涉江采芙蓉》里的人,想着采撷美好的芙蓉,又发现了兰泽和更多美好的芳草。这种发现,首先是向异乡致敬,然后,他想把在异乡发现的美好,赠予故乡。

这赠予也全然无须仪式和报偿。因为,根本没有报偿,根本无从仪式。这不是那种期待报偿的赠予。世间有一种英雄气概,不缘于必胜的信心,只是听从某种召唤,某种渴欲。这种英雄气概不需要战士式的波澜壮阔,它只是勇于为看不见的东西而忍耐,并且心甘情愿,优雅安详。

那个在异乡发现芳草的人,把芳草佩在身上,就算是向故乡和故人致意了。他不必看见故乡,故乡也不必听闻他。他和他的致意,独立于报偿。不管终局如何,他就佩着芳草在那里。这个象喻里,有一种义

无反顾的平静，一种笃定到安详的美。这笃定安详的美，献给一个回不去的地方。

《涉江采芙蓉》当然是一首思乡的诗。可是每次读它，我都会生出莫名的"宗教体验"。那个涉江采芙蓉、所思在远道、忧伤以终老的人，似有一种圣徒式的光辉。圣徒，也总是把这个人世当成异乡，在异乡跋涉、发现，所有的跋涉、发现，都是向故乡的奉献。在圣徒的生活里，面对死亡、思念故乡，几乎是一回事。

《论语·述而》：

> 子疾病，子路请祷。子曰："有诸？"子路对曰："有之。诔曰：祷尔于上下神祇。"子曰："丘之祷久矣。"

孔子病重。子路为他祈祷上苍。孔子问子路有无此事。子路说有，还给孔子念了祷文。孔子说：大可不必。因为我祷之久矣。祷之久矣的意思是，他此生的一言一行，都是向上苍的祈祷。他与卜苍之间关系，是无须报偿的持久的忠诚。保有这种忠诚的人，不必等到需要报偿时才采摘芳草、才献祭祈祷。他行到每一处，采到的每朵花，都是献祭，都是祈祷。

《论语·泰伯》：

> 曾子有疾，召门弟子曰："启予足！启予手！《诗》云：战战兢兢，如临深渊，如履薄冰。而今而后，吾知免夫！小子！"

　　曾子病重。弥留之际对弟子们说：看看我的脚，看看我的手，看看它们有没有破损。我一生如《诗》所云，战战兢兢，如临深渊，如履薄冰，辛苦地守护生命，使之免遭败坏。从今以后，我可以解脱了。

　　曾子几乎不曾谈论死后世界。但他确乎把此世生活看成艰难的跋涉。他得艰难跋涉，才能守住生命。守住生命，不只是活着，生存着，还要让生命免遭败坏。因为这生命似乎并不完全属于他，他只是暂时照料。他的艰辛照料，是向某个看不见的归处致敬。

　　我喜欢这些安详而美丽的思乡者。

涉江採芙蓉，蘭澤
多芳草。採之欲遺誰，所
思在遠道。還顧望舊鄉，
長路漫浩浩。同心
而離居，憂傷以終老。

录古诗十九首之一
涉江采芙蓉 丁亥菊月
荆沙习之 于潜江风涛
楼阁听涛山房

〔诗可以兴〕

拟涉江采芙蓉

清晨或深夜祈祷过的人都知道，一次祈祷，就是一封信，寄给一个看不见的亲人。

再过半生

你我就彻底陌生了

可能如此吧

我行过之处

无不如此

无非如此

不管那些了

我得为重逢

做好准备

不睡觉时

走路，出汗，伸腰，喘息

睁大眼睛看

树叶,嘴唇,乳房,皱纹,伤口

想个办法忘掉酒

细尝尘土的滋味

早晨洗澡

中午布施

黄昏还债

上床前心满意足

合上书

不在开始那页

不在结局那页

也就这样了

可能的话

不受伤

受了伤不怨叹

可能的话

不杀人

杀了人不追悔

你的礼物我有了

我是我的礼物

日子到了便上路

像苏格拉底

或曾参那样

不要像个诗人

诗人都是颓废派

想在赤条条上留一朵花

七

明月皎夜光

明月皎夜光

明月皎夜光，促织鸣东壁。 1

玉衡指孟冬，众星何历历。 2

白露沾野草，时节忽复易。 3

秋蝉鸣树间，玄鸟逝安适。 4

昔我同门友，高举振六翮。 5

不念携手好，弃我如遗迹。 6

南箕北有斗，牵牛不负轭。 7

良无磐石固，虚名复何益。 8

［诗脉］

1.促织鸣东壁：促织，蟋蟀。立秋女功急，促其织。

2.玉衡指孟冬：上句言促织鸣东壁，时节在秋。此句言玉衡指孟冬，似不可解。此句之孟冬，并非时令，而是天穹方位。孟冬者，申位。玉衡：北斗第五曰衡。北斗第一天枢，第二璇，第三玑，第四权，第五衡，第六开阳，第七摇光。第一至四为斗魁，第五至七为斗杓。玉衡指孟冬，即斗杓指申位。第一句言节令，第二句观天象。诗人秋夜难眠。

3.白露沾野草：《礼记·月令》："孟秋之月，凉风至，白露降，寒蝉鸣。"时节忽复易："忽"字、"复"字，惊心动魄。复，自然循环无尽。忽，自然之循环于人乃是不可逆的流逝，人对这流逝，永远后知后觉。

4.玄鸟逝安适：《礼记·月令》："仲秋之月，盲风至，鸿雁来，玄鸟归。"玄鸟，燕。安，何。适，往。"玄鸟逝安适"，惊疑怪叹之辞。此句仍说人对时节变换之后知后觉。既后知后觉，且不情不愿。因为，时光流逝，意味着生命蹉跎。此句更有一层深味：玄鸟飞逝，乃迁徙至暖处，而诗人只能原地苦寒，无力无奈。玄鸟飞逝就暖，绝不回顾，引出下句同门奋翮，不念旧好。

5.同门友：《易·兑》："君子以朋友讲习。"六翮：翮，鸟之劲羽。鸟之善飞者，皆有六翮。昔日同门切磋之友，今已振六翮而高飞。言外之意，我尚原地蹉跎。

6.不念携手好:《诗·北风》:"北风其凉,雨雪其雰。惠而好我、携手同行。"朋友,当携手同行。弃我如遗迹:遗迹,脚印。人阔步前行,不屑顾盼身后之脚印。本当携手同行,如今弃如遗迹。蹉跎者之怨辞。

7.南箕北有斗:《诗·大东》:"维南有箕,不可以簸扬;维北有斗,不可以挹酒浆。"天有南斗、北斗,既名曰"斗",却不可用以簸扬,亦不可用以挹酒浆。怨者言天下事物有名无实。牵牛不负轭:《诗·大东》:"睆彼牵牛,不以服箱。"天有牵牛星。既曰牵牛,却未见负轭载重。仍说事物有名无实。星斗有名无实,所谓"朋友",亦有名无实。

8.良无磐石固,虚名复何益:良,信。磐石,大石。人心若信无磐石之固,侈谈"朋友"之虚名,复何益也。全诗,首句感时令,三四句更觉时光流逝之惊心,五六因蹉跎而念朋友,七八因朋友之离弃伤人心之不固,虚名之徒劳。

[诗旨]

张庚:此不得于朋友而怨之之诗。

姜任修:抚时思自立也。

拟明月皎夜光

陆机

岁暮凉风发,昊天肃明明。

招摇西北指,天汉东南倾。

朗月照闲房,蟋蟀吟户庭。

翻翻归雁集,嘒嘒寒蝉鸣。

畴昔同宴友,翰飞戾高冥。

服美改声听,居愉遗旧情。

织女无机杼,大梁不架楹。

[外传]

《涉江采芙蓉》里那个诗人，心里想着的是"同心而离居"之朋友。《明月皎夜光》中的诗人，想着的是自顾奋飞不念旧谊的朋友。后半段，诗中有怨，怨的是朋友。但笼罩全诗的，不是怨，是被生存的重负压下的忧伤、孤独。《今日良宴会》里的朋友们，肯定也感到那种生存的重负。但他们凭借酒，凭借歌，凭借朋友间的取暖，凭借积蓄的豪情，暂时战胜了那重负。人在生机沛然时，觉得自己可以带着重负奋飞。《明月皎夜光》的诗人，没有酒，没有朋友。星辰流转，时序变迁，他只感到寒冷、孤独。生机旺盛时感觉不到的重负，此刻汹涌袭来。

春女思，秋士悲。时节迁变之际，人最容易转而审视自己。转而审视自己的时刻，总是最难熬。因为在那样的时刻里，人不得不直面自己的失败、无力。他承认这失败、无力。他还明白，外面的世界仍然自顾自变化着，壮大着，兴旺着。而那变化、壮大、兴旺，偏偏与他无关，偏偏不在乎他的感受。这时，怨就来了。

他怨朋友离弃，他怨星辰名不副实。一个心里悲苦有怨的人，觉得天地都在跟自己闹别扭。那里面，有一股诗人的天真。不过，这怨不是审判天地星辰朋友，给他们、它们定罪。这怨，只是表达那种深深的被弃绝之感。

人在生机沛然时，觉得天地万有都是兄弟姊妹，都和自己息息相关。辛弃疾说：

> 一松一竹真朋友，山鸟山花好弟兄。（《鹧鸪天·博山寺作》）

这真是生机沛然的英雄的诗。宝玉"看见燕子，就和燕子说话；河里看见了鱼，就和鱼说话；见了星星月亮，不是长吁短叹，就是咕咕哝哝的"。婆子说他"连一点刚性也没有，连那些毛丫头的气都受的"。其实，宝玉哪里是懦弱没刚性，他也是生机沛然的英雄。

可是，人总有脆弱的时候，生机之火疲顿黯淡。这时，他觉得自己跟世界的关联断绝了，或者，世界把他丢弃了。促织和秋蝉怎么忽然就叫了，怎么忽然就不叫了？白露怎么忽然就降了？燕子怎么忽然就走了？天怎么忽然就亮了？天上的星辰，怎么可以取那虚妄的名号？外面的朋友，怎么可以只顾自己兴旺发达？俯仰寥廓，他感不到一点善意和温暖。于是就有了最后那句大怨辞："良无磐石固，虚名复何益。"这可能不止怨朋友之不诚，还怨天地之不仁。

清代方廷珪说：

> 此刺富贵之士，忘贫贱旧交而作。（《文选评点》）

这代表了不少古代读者的意见。诗中有怨，当然有刺。但若仅仅读出刺，诗就索然无味了。

《今日良宴会》里那句"何不策高足，先据要路津"，是朋友逸兴遄飞之际说的痛快话。读者不能仅仅抓住痛快，责其浅薄，首先是要读出

痛快话背后的逸兴遄飞。《明月皎夜光》里有对朋友之道的怨刺。但读者不能仅仅抓住怨刺，首先是要读出怨刺背后的孤凄脆弱。

《明月皎夜光》不是一首健壮的诗。正因如此，这是一首亲切的诗。尤其人到中年，读到诗中的草虫多变、时序迁移、星汉悠悠、故人天上，真是亲切。那样的俯仰天地、忧从中来的夜晚，怕是很多人都经历过。

至少我，人到中年最大的感受，是自觉笨拙。身边同僚朋友很容易跨过去的生存关隘、很容易掌握的生存法门，我总是跨不过去，掌握不来。即便收到很多善意的指点、教诲，跨不过的依然跨不过，拎不清的依然拎不清。也曾试图模仿，模仿的结果，是邯郸学步，未得新姿，又失故行。也想索性率意而为，代价是步步颠沛，不知路在何方。

当然羡慕那些世事洞明活得熟练的朋友，但自己恐怕只能安于笨拙，在迷雾中忍耐，摸索。"安于""忍耐"，说来轻巧。身在其中才知谈何容易。要撑住这样的日子，着实需要一点血气之勇。维吉尔写悲惨的女工狄多，"用自己的生命之血在调养创伤"（《埃涅阿斯纪》）。这话，唯有中年读来，才格外会心。中年，正是需要血气温煦支撑之时。中年，也恰恰不复少年时代的健旺。于是欲念、责任、忧患、困乏……一齐袭来，合成生存之重负。这样的重负之下，人会时而亢奋，时而焦躁，时而怨愤，乃至时而生出不知指向谁的恨意。只能暗中隐忍、消化，试着调动血气，镇压、熔化。恰恰是在这个时候，人多少变得刻薄寡恩，即使周遭不无善意，他也视而不见充耳不闻。他总是觉得，世界在跟他闹别扭。其实，他是在跟自己闹别扭。

种种体验，历历分明，却又不足为外人道。幸好，说不出的苦楚，早已有诗人说出。《明月皎夜光》大概是这样一首中年的诗。我不是说诗

里有一个刻薄寡恩的别扭中年,我只是说,诗里的怨、忧,怨忧背后的生存重负,我感同身受。

读《明月皎夜光》,难免想起杜甫《秋兴八首》第三首:

> 千家山郭静朝晖,日日江楼坐翠微。
>
> 信宿渔人还泛泛,清秋燕子故飞飞。
>
> 匡衡抗疏功名薄,刘向传经心事违。
>
> 同学少年多不贱,五陵衣马自轻肥。

杜甫55岁了。安史之乱刚去,吐蕃、回纥之难又来。杜甫的老友严武去世,他在成都失去了依凭,只得沿江东下。写诗的时候,正滞留夔州。《秋兴八首》是一个中年人的追忆、沉思。这一首诗,首联、颔联写自在悠然的天地,颈联写历史上那些壮志未酬的中年男人,尾联写被世界丢弃的自己。"同学少年多不贱",正是"高举振六翮"。"五陵衣马自轻肥",正是"弃我如遗迹"。这样的被遗弃感,怕是中年人的常情。当然,人之常情,不必是人之常态。像杜甫这样的豪杰诗人,也会偶尔常情流露,却绝不会把怨气变成习惯。紧接着这首"同学少年多不贱",是"闻道长安似弈棋",杜甫又转而思索大唐命运去了。他也是在凭借血气、胸怀治疗这怨气。

历史上,也有不怨的实例。《汉书·扬雄传》:四十多岁时,扬雄自成都游学京师。只用一年多的时间,成为黄门侍郎。当时他的同列有王莽、刘歆、董贤。后来,刘歆、董贤位列三公,王莽称帝。只有扬雄,历经成帝、哀帝、平帝、王莽,四世不徙官,只以著述为乐。晚年因病免官:

> 家素贫,嗜酒,人希至其门。时有好事者载酒肴从游学,而钜鹿侯芭常从雄居,受其《太玄》《法言》焉。

扬雄的书,刘歆也看过。刘歆曾是他的同学、同僚,王莽时贵为国师,正所谓"同学少年多不贱"。刘歆看了扬雄的书,这样评价:

> 空自苦!今学者有禄利,然尚不能明《易》,又如《玄》何?吾恐后人用覆酱瓿也。

意思是,扬雄写《太玄》这样的书,没什么用。现在的人研习《周易》,是因为有国家体制的利诱。纵有利诱,人们还读不懂《周易》呢?这部寂寞书生写的晦涩《太玄》,又有谁会读呢?这么厚实的一部书,唯一的用处怕是让主妇拿去压酱缸吧。

这口吻,真有"弃我如遗迹"的味道。至于扬雄的反应,《汉书》只用了五个字:

> 雄笑而不应。

我觉得,"笑而不应"里不只有涵养、智慧,还有极强的生命力。衰颓之人,做不到这样。

唯有经历过"明月皎夜光"式的夜晚,我才明白,"寂寂寥寥扬子居,年年岁岁一床书"里也有一种英雄气概。但我常想,即便是扬雄先生,偶尔也遭遇过那样的夜晚吧?

明月皎夜光，促織鳴東壁。玉衡指孟冬，眾星何歷歷。白露沾野艸，時節忽復易。秋蟬鳴樹間，玄鳥逝安適。昔我同門友，高舉振六翮。不念攜手好，棄我如遺跡。南箕北有斗，牽牛不復軛。良無磐石固，虛名復何益。

古詩十九首 明月皎夜光 次韻古意也

庚子仲春

[诗可以兴]

比如今天

子曰："诗可以兴,可以观,可以群,可以怨。"子似乎没说,诗不可以怨。三百篇里,我读到过很多高贵的愤怒。

比如今天

我是愤怒的牛

冲向那块

让我愤怒的布

无数次

直至倒地

直至听到

最后一声尖叫

迎来最后一柄剑

最后看一眼

虚假的大地

没人知道

我不恨，没人知道

我多感激

那块虚假的红布

那群拼命快活的人

他们赠我死亡

自己却要想尽办法

活着烂掉

自从大地不结果实

他们已经忘了如何

体面地倒下

八

冉冉孤生竹

一个人，可不可能，没有任何尘世盼望的对象，只在时间里安详地守住自己？

冉冉孤生竹

冉冉孤生竹，结根泰山阿。

与君为新婚，菟丝附女萝。

菟丝生有时，夫妇会有宜。

千里远结婚，悠悠隔山陂。

思君令人老，轩车来何迟。

伤彼蕙兰花，含英扬光辉。

过时而不采，将随秋草萎。

君亮执高节，贱妾亦何为！

［诗脉］

1.冉冉孤生竹:《说文》段注:"冉冉者,柔弱下垂之貌。凡言冉言姌,皆谓弱。"结根泰山阿:阿,山之一隅。冉冉,言竹身柔弱。结根,言竹根坚强。竹根横长于地下,能穿裂山石。地上看似不相连属、各自孤生之竹,实在地下同属一根。夫妇之象。

2.菟丝附女萝:《经典释文》:"在田曰菟丝,在水曰松萝。"菟丝、女萝一在陆一在水,本不相涉。如今相攀附相缠绕,正是下文"千里远结婚"之象。

3.菟丝生有时,夫妇会有宜:"有时"即"有宜",及时得宜也。自然万物及时而生长,世间男女及时而嫁娶。

4.千里远结婚,悠悠隔山陂:陂,即坡。此句应上文"菟丝附女萝"。

5.思君令人老,轩车来何迟:"思君令人老",亦见《行行重行行》,言分别之苦。前四句言结婚,第五句已转而言离别。轩车来何迟:轩车,大夫之车。以此二字,可知男子婚后离家,求取富贵,迟迟不归。

6.伤彼蕙兰花:《尔雅翼》:"一干一花而香有余者兰,一干数花而香不足者蕙。"蕙兰,象女子盛时之容颜。含英扬光辉:蕙兰荣华,自开自败,令人思之伤心。

7.过时而不采,将随秋草萎:第五句说"轩车来何迟",男子迟迟不归,则蕙兰将随秋草摇落。《离骚》:"惟草木之零落兮,恐美人之迟暮。"

8.君亮执高节:亮,信,诚。高节,应首句"冉冉孤生竹"。竹虽柔弱,却于地下彼此连根,亦于地上各执高节。贱妾亦何为:君之轩车虽迟迟不归,但我知君自有高节,必不致苟且败坏。君有高节,则我亦唯有执节以待。"君亮执高节",我之信心与盼望。"贱妾亦何为",我之决心与等待。谭元春:"全不疑其薄,相思中极敦厚之言,然愁苦在此。"

[诗旨]

张庚:此贤者不见用于世而讬言女子之嫁不及时也。

姜任修:怨迟暮也。贤者致身而不用,讬咏以伤之。

[外传]

　　《冉冉孤生竹》与《行行重行行》讲了相似的故事，相似的灵魂。

　　《行行重行行》里的人，在等待中忍耐，忍耐中有揣想，有怨艾。但在最后一刻，她把揣想、怨艾一扫而空，振作精神，努力加餐饭。《冉冉孤生竹》里，同样有个等待的女子。这位女子似乎更温厚，她连一点揣想、怨艾都没有，她只是下定决心相信、盼望、等待。等待中的相信、盼望，这是《行行重行行》里没有的。

　　《行行重行行》里的象，都指向分别："各在天一涯"，"浮云蔽白日"。《冉冉孤生竹》里的象，都指向固守。"冉冉孤生竹，结根泰山阿"。漫山翠竹，看似娇弱，彼此暌隔，其实同出一根，竹根盘结地下，其坚碎石，永不分离。"菟丝附女萝"。菟丝女萝，水陆异处，却有因缘际会彼此攀附缠绕，难辨彼此。"千里远结婚，悠悠隔山陂"。夫妻相会，跨越山河，也是"结根泰山阿""菟丝附女萝"一般的奇迹。本来无关的两个人，就这么连在一起了。既然连在一起，就总有抵御分离的力量。

　　当然会有离别。《冉冉孤生竹》讲离别，只有一句"思君令人老，轩车来何迟"。既说"来何迟"，可见夫妻之间有轩车必来接的承诺。只要有这一句承诺，两个人就总是连着的。

　　接下来就是等待。《冉冉孤生竹》的等待，不像《行行重行行》那样浮想联翩。这个女子，不去揣想对方，只是把自己的脆弱呈露给对方。

"伤彼蕙兰花,含英扬光辉。过时而不采,将随秋草萎",这是女子天然
的脆弱处。她一点儿也不掩饰。她直接说,在这场等待里,她是更无安
全感的一方。不只因为终局难以预料,还因为等待本身对生命的耗损。
她美好的生命,可能在一场无结果的等待里耗尽。换句话说,这场等待
里,双方是不对等的。脆弱的那方更易受伤,更等不起。

那又如何呢?"君亮执高节,贱妾亦何为"。毕竟是结根之孤竹,就
算相隔遥远,她对他的根与节,仍然有信心和盼望。信心是说,我知道
他有。盼望是说,我愿他一直有。既然有信心,有盼望,那我还能怎样
呢?"亦何为"者,别无选择也。不只别无选择,而且根本不做他想。唯
有等待,忍耐,盼望而已。

这女子刚刚袒露自己的脆弱,一句"亦何为",重又坚强起来。诗又
回到开头那个象:冉冉孤生竹,结根泰山阿。孤生之竹有她的娇弱,在
看不见的地方,有她的坚强。

《古诗十九首》里,等待是主题之一。诗人写等待,常用"思妇"这个
象。"思妇",既被动又脆弱,这正是人在无可奈何的命运面前的状态。
神不需要等待。因为神完满饱足,无所亏缺。人有亏缺,人又不能靠自
己填满亏缺。故而等待是人生之常态。

诗人常借"思妇"写出等待的被动、脆弱。伟大的诗人又常在被动、
脆弱的等待里写出笃定坚毅。《古诗十九首》里的"思妇",总有笃定坚
毅以至于安详的美。人在等待中体认自身的被动、脆弱,又在等待中经
受磨练,呈现出笃定坚毅。于是,人就在"等待"这件万般无奈的事情中
提拔了自己,他比那些不知道等待为何物的轻薄之人,比那些遗弃者、

施暴者更像人,更有人的样子。

借"思妇"写等待,以至于呈现人性之美,这是汉语诗的美好传统。这个传统里,好诗数不胜数。每次读《行行重行行》和《冉冉孤生竹》,我都想起近人顾随的那首《临江仙》:

> 不是新来怯凭栏,小红楼外万重山。自添沉水烧心篆,一任罗衣透体寒。
>
> 凝泪眼,画眉弯,更翻旧谱待君看。黄河尚有澄清日,不信相逢尔许难。

"黄河尚有澄清日",这位等待情人的女子,把等待的时间尺度设置为沧海桑田、天荒地老。在这个时间尺度之下,她的全部生命都可能消耗在等待之中。而结局,或许在生命之外。她必须让每一天对得起这份等待,以及所待之人。因为,等,是她的决定。于是,每个清晨,她对镜梳妆,眼含热泪,翻看眉谱,给自己画一个最新的眉样。因为,等待与盼望同义。苟且邋遢,是对盼望的亵渎。

生而为人,不能无待。有所待,便有怨,有痛,有种种不知如何是好。有所待而无所得,于是受苦,于是颓唐,这是人的自然禀性,犹如水之就下,遵循力学原则。在颓唐之中振作,守住人的样子,这是人对自己的提拔,向着神性的提拔。

还有一种更惊心动魄的等待:一个人,可不可能连最后那点信心、盼望都没有,没有任何尘世盼望的对象,只在时间里安详地守住自己?当然可能。王国维写过一首《虞美人》:

碧苔深锁长门路，总为蛾眉误。自来积毁能销骨，何况真红一点臂砂娇。

妾身但使分明在，肯把朱颜悔。从今不复梦承恩，且自簪花坐赏镜中人。

诗里又是一个被动脆弱的女子。这个女子被嫉妒、被侮辱、被遗弃。深宫之中，她已没有信、望的对象，她自己也说"从今不复梦承恩"。但她仍然要等待："且自簪花坐赏镜中人。"她的等待，就是在时间中守住自己。守住一分，就是一分。

同一个主题，更震撼人心的，当属杜甫那首《佳人》：

绝代有佳人，幽居在空谷。

自云良家子，零落依草木。

关中昔丧败，兄弟遭杀戮。

官高何足论，不得收骨肉。

世情恶衰歇，万事随转烛。

夫婿轻薄儿，新人美如玉。

合昏尚知时，鸳鸯不独宿。

但见新人笑，那闻旧人哭。

在山泉水清，出山泉水浊。

侍婢卖珠回，牵萝补茅屋。

摘花不插发，采柏动盈掬。

天寒翠袖薄，日暮倚修竹。

又是一个被命运挟卷、被世人糟蹋的女子。在人间，她已无可盼望，无可相信。同样是逃难的杜甫，想必在荒无人迹的山谷遇见这个女子。在无人的山谷，她过着真正的人的生活。她变卖珠宝，修补茅屋，只为像山中泉水那样保持干净。她摘花，采柏，不为悦人之容，只为那芳美本是人该有的样子。"天寒翠袖薄"，杜甫写出了这个女子的脆弱。"日暮倚修竹"，杜甫告诉读者，这个本该绝望的脆弱女子，仍在时间中盼望着，等待着。

又是竹子。冉冉孤生竹，结根泰山阿。既柔弱又坚强的竹子，笃定坚毅以至于安详的美。

冉冉孤生竹結根泰山阿與君為新
婚菟絲附女蘿菟絲生有時夫婦
會有宜千里遠結婚悠悠隔山陵思君
令人老軒車來何遲傷彼蕙蘭葟
含英揚光輝過時而不採將隨秋草
萎君亮執高節賤妾亦何為

擬文徵仲書《古詩十九首》之《冉冉孤生竹》一首以文氏筆尖和墨而為，去王羲之遠甚，化古之志難償也。丁亥用記

〔诗可以兴〕

离别

世上有很多离别，世上没有离别。

哪有什么离别呢

世界这么小

去年的花不与今年的花重逢么

昨天的声音不与明天的沉默相认么

夏天的蝉声里没有冬日的夕阳么

旷野的头颅不再睁开眼睛么

劳苦的人们不都准备着假日的歌么

世界这么小

哪有什么离别呢

九

庭中有奇树

馨香盈怀袖地等待，这是友谊的最好姿态。

庭中有奇树

庭中有奇树，绿叶发华滋。
攀条折其荣，将以遗所思。
馨香盈怀袖，路远莫致之。
此物何足贵，但感别经时。

1 2 3 4

〔诗脉〕

1.庭中：又作"庭前"。首句言庭中奇树之美。

2.折其荣：荣即"华"。遗所思：采撷美好，以遗所思。

3.馨香盈怀袖：馨香弥漫襟抱。路远莫致之：欲与所思分享而不得。

4.此物何足贵，但感别经时：很想把它送给你，不是因为它，而是因为你。一个人，发现弥足珍贵的好物，想要与另一个人分享。因为那个人比一切美好之物更弥足珍贵。而那个弥足珍贵之人，定是同他一样，懂得珍惜好物之人。

〔诗旨〕

张庚：此亦臣不得于君，而讬兴于奇树也。

姜任修：美久要也。

拟庭中有奇树

陆机

欢友兰时往，迢迢匿音徽。

虞渊引绝景，四节逝若飞。

芳草久已茂，佳人竟不归。

踟蹰遵林渚，惠风入我怀。

感物恋所欢，采此欲贻谁。

［外传］

1961 年,西南师范学院教授吴宓 67 岁,中山大学教授陈寅恪 71 岁。这一年,吴宓决定南下探望老友。二人 1919 年结识于哈佛。对陈寅恪之学问、见识,吴宓向来服膺。哈佛时代,他在日记里说:"陈君中西学问,皆甚渊博,又识力精到,议论透辟,远非侪辈所能及。"又说:

> 寅恪不但学问渊博,且深悉中西政治、社会之内幕……其历年在中国文学及诗之一道,所启迪、指教宓者,更多不胜记也。

自哈佛时代起,吴宓对陈寅恪,"既以为友,亦以为师"。陈寅恪每有诗作,吴宓便抄录保存,甚至多能背诵。此后,二人曾共事于清华国学院。再后来,世事变幻,天各一方,他们一直保持诗文酬唱。这次南下,吴宓筹划了将近两年。1959 年他就在诗里说:"受教追陪四十秋,尚思粤海续前游。"1961 年,也是所谓"三年困难"的最后一年,吴宓终于下定决心,趁暑假,南下探望老友。

陈寅恪也很激动,特地写信,叮嘱南下注意事项,巨细靡遗:

(一)到广州火车站若在日间,可在火车站(东站即广九路)雇郊区三轮车,直达河南康乐中山大学,可入校门到大钟楼前东南

区一号（弟）家门口下车。车费大约不超过二元（一元六角以上）。若搭公共汽车，则须在海珠广场换车，火车站只有七路车，还须换十四路车来中山大学。故搭公路车十分不方便。外来旅客颇难搭也。若搭三轮车，也要排队，必须排在郊区一行，则较优先搭到。故由武汉搭火车时，应择日间到达广州者为便。岭南大学已改称中山大学。

（二）弟家因人多，难觅下榻处，拟代兄别寻一处。兄带米票每日七两，似可供两餐用，早晨弟当别购鸡蛋奉赠，或无问题……

……

（四）若火车在夜间十一点到广州，则极不便。旅店由组织分配，极苦。又中大校门在下午六点以后，客人通常不能入校门。现在广州是雨季，请注意。夜间颇凉。敬请行安。（吴学昭《吴宓与陈寅恪》，清华大学出版社，1992 年）

8 月 30 日夜 11 点 30 分，吴宓抵达广州，到达陈宅时，12 点已过。陈寅恪"犹坐待宓来"。当时陈寅恪目已全盲，在室内摸索，缓步以杖。面容如昔，白发甚少，精神极好。两位老人撮要讲述分别十二年之近况。那晚。吴宓凌晨 4 点才睡。

吴宓在广州住了不到五天，除应酬之外，主要是和陈寅恪谈话。他们谈佛教，谈韩愈，谈东西制度，谈康有为，谈熊十力，谈柳如是、钱谦益、侯朝宗，谈孔子，谈"中国文化本位"。吴宓说："寅恪兄之思想及主张，毫未改变。"除了谈学术，他们也谈诗，谈戏，谈感情。陈寅恪夫妇极力赞成吴宓复婚。

陈寅恪偶尔提及闽人黄浚的一句诗：

> 绝艳似怜前度意，繁枝犹待后来人。（《大觉寺杏林诗》）

回到重庆，吴宓便去图书馆借黄浚诗集细读。读罢，他确信，整部黄集，以陈寅恪称赏的两句为最佳。吴宓在读书笔记里认真写下对这两句的理解：

> "绝艳"指少数特殊天才，多情多感，而性皆保守，怀古笃旧，故特对前度之客留情；"繁枝"则是多数普通庸俗之人，但知随时顺势，求生谋利，国家社会文化道德虽经千变万灭，彼皆毫无顾恋，准备在新时代新习俗中，祈求滔滔过往之千百游客观众之来折取施恩而已。

吴宓从黄浚的句子里读出来的，正是三十多年前陈寅恪悼念王国维那句"吾侪所学关天意，并世相知妒道真"（《挽王静安先生》）。他清楚自己身处的时代："吾侪"已老，"绝艳"凋零，"并世""繁枝"铺天盖地。

1962 年 7 月，陈寅恪入浴时跌倒，右腿骨折。吴宓决定利用寒假前往广州探视。1964 年 1 月，吴宓患病毒性感冒，未能成行。

1964 年暑假，吴宓致信陈寅恪，告知将南下探视，还打算为陈寅恪"编述一生之行谊、感情及著作，写订年谱、诗集"。信发出不久，他指导过的某青年教师因"生活作风问题"受到批判，开除党籍。事情牵扯

到吴宓,他成了"资产阶级教学思想腐蚀青年"的典型,停止授课。出行计划中辍。

1966 年,运动来了。吴宓和陈寅恪都成了"资产阶级反动学术权威"。"批孔"期间,吴宓明确反对污蔑孔子,被打成"现行反革命"。批斗中,他盲一目,断一足。

1967 年,坊间有种种陈寅恪夫妇的传闻。"现行反革命"吴宓,冒着加重处罚的危险,径直写信给广州中山大学革命委员会,询问陈家状况:

广州国立中山大学革命委员会赐鉴:

在国内及国际久负盛名之学者陈寅恪教授,年寿已高。且身体素弱,多病,又目已久盲。——不知现今是否仍康健生存,抑已身故? 其夫人唐稚莹女士,现居何处? 此间宓及陈寅恪先生之朋友、学生多人,对陈先生十分关怀、系念,极欲知其确实消息,并欲与其夫人唐稚莹女士通信,详询一切……

信寄出,再无消息。陈寅恪夫妇已于 1969 年相继离世,吴宓的家人不敢告知真相。生命的最后几年,吴宓一直记挂陈寅恪,痛苦时,他就背诵王国维、陈寅恪的诗文。1971 年日记:

1 月 29 日,阴,晦。上午身体觉不适。心脏痛,疑病。乃服狐裘卧床朗诵王国维先生《颐和园词》,陈寅恪君《王观堂先生挽词》等,涕泪横流,久之乃舒。

1973 年日记：

6 月 3 日，阴雨。夜一时，醒一次。近晓 4:40 再醒。适梦陈寅恪兄诵释其新诗句"隆春乍见三枝雁"，莫解其意。

1978 年 1 月 17 日，吴宓去世。

C.S.路易斯说："恋人是面对面，友人则是肩并肩，共视前方。"无论现代还是远古，友谊可能发生于共同看见某物的两个人之间：

可以想象，在远古的猎人和勇士中间，总有那么一个人——百年一遇抑或千年一遇——看到了别人看不到的东西。他看到，鹿不只可食，而且美丽；狩猎不只必须，而且有趣；他梦见，他的神祇不只威严，而且神圣。可是，只要这些远见卓识之人一个个零落，未找到知音，（我就怀疑）什么果子都结不出；艺术或运动项目或属灵宗教就不会诞生。当两位此等之人邂逅相逢，当他们分享见识——无论分享起来多么困难，多么地难于启齿，也无论其分享速度在我们看来多么地迅捷——当此之时，友爱诞生了。顿时间，他们在无边的孤独之中，站在一起。（《四种爱》，邓军海译本）

友爱的根基，不是"我的眼里只有你"，而是共同的"看见"。一个人有能力看见某个美好事物。偶然间，他发现另一个人也能看见。于是，千万人中，他们就有了特别的联系。他们交谈，或者沉默。他们相

聚,或者别离。但他们始终肩并肩。肩并肩的意思是,他们始终一起"看见",一起在乎那个"看见"。朋友之间也会询问"你爱我吗"。爱默生说,这句话的意思是:"你是否在意同一真理?"

肩并肩地"看见",此事无关距离。朝夕相处耳鬓厮磨的两个人,眼里可能装着不同的世界。天各一方的两人,可能拥有相同的属灵视觉。他们眼里的世界有着奇妙光彩,那光彩,没办法向身边人诉说。但他们知道,无论多远的地方,那个人一定懂得,一定也看得到。

读陈寅恪和吴宓的传记,还是大学时代的事。那时关注的,是两个人既传奇又凄苦的命运,是那个风雨飘摇荒诞离奇的时代。读路易斯,年近四十。从二十到四十,多读了几本书,也多明白了一点儿本来不难明白的道理。比如,所谓"同一个世界",可能只是一句空洞的宣传口号。所谓"同一个时代",可能也属欺人之谈。人们在同一个世界、同一个时代经历着同一场风雨,但眼中所见、心中所忧,可能完全不同。世界不是平的,因为人的心灵不平等,更没法统一。

读完《四种爱》,重翻吴宓日记,我关心的不再是那个政治教科书上的大时代,而是他们眼中的特殊的时代景观。从1919年开始,吴宓日记里不断记录陈寅恪的谈话和诗。内容涉及信仰、文化、政治、情感、时事。里面的很多见解,陈寅恪不曾写成论文,吴宓也没有。因为那是没办法广而告之的东西。有些事情,太严肃太重要,故而只适合二三好友促膝夜话。吴宓喜欢读陈寅恪的诗、记录陈寅恪的谈话,因为他们看见的是同一个世界、同一个时代,他们对这个世界、时代有相似的忧心。陈寅恪的话,能帮他把那个世界更清晰地描述出来。吴宓谦逊,总说自己是向陈寅恪请教。我倒觉得,他们是不断拿各自看见的世界相互印证。

这个印证，持续了一生。无论相聚，还是别离。晚年那最后一聚，两位老人仍在印证。陈寅恪读到一句诗，吴宓立刻察觉，那句晦涩的诗里，有他们的命运：

绝艳似怜前度意，繁枝犹待后来人。

盲眼的陈寅恪写柳如是、论《再生缘》，就是要为曾经的"绝艳"作传。吴宓勤奋记录陈寅恪的谈话，同样是为"绝艳"作传。临近生命终点，他背诵《颐和园词》《王观堂先生挽词》，涕泪横流。王国维曾为逝去的大清作挽歌，陈寅恪曾为蹈水的王国维作挽歌，吴宓可能是把他们的挽歌当成自己的挽歌。

后来，老友发心重译路易斯的《四种爱》。他一边译，我俩一边带着一群小朋友细读译文。读到"友爱"这一段，我很想给小朋友讲讲吴宓和陈寅恪的故事。可是我发觉，小朋友们已对这样的老人彻底隔膜了。讲了半天，他们以为我在讲一个流俗电视剧式的友情故事：不离不弃、义薄云天。

路老说的那种肩并肩的看见，我和老友读来，感到惊心动魄。小朋友们读过就读过了，好像不曾读过。他们对友谊的想象，可能属于这个时代的特有政治正确，主要画面是：勾肩搭背、推杯换盏、赌咒发誓。

再后来，我带着小朋友读《古诗十九首》，读到《庭中有奇树》，猛然就想起陈寅恪、吴宓和路易斯。好在立即忍住，没在课堂上谈起。不然，

小朋友们又会嫌弃我跑题。

倒是我自己，那一瞬间，忽然明白这首诗美在哪里。

"庭中有奇树，绿叶发华滋。"一个人偶然发现了一枝美好的花。

"攀条折其荣，将以遗所思。"那是迥异于周遭"繁枝"的"绝艳"。

"馨香盈怀袖，路远莫致之。"他认出了"绝艳"，他知道还有一个人也能认出这"绝艳"。不管相隔多远，他和他总能肩并肩，看见同样的美好。他想把这"绝艳"与他分享，于是久久护惜着它。"馨香盈怀袖"，是说他的护惜，也是说他的等待。馨香盈怀袖地等待，这是友谊的最好姿态。

"此物何足贵，但感别经时。""绝艳"之所以是"绝艳"，因为有人能从"繁枝"当中看见它们。那个馨香盈怀袖地等着的人，当然护惜"绝艳"。护惜，不只为了"绝艳"，更为了远处那个同样看得见"绝艳"的人。

1961年9月那一天，陈寅恪跟阔别十二年的吴宓谈起黄浚那句诗：

绝艳似怜前度意，繁枝犹待后来人。

吴宓立刻看出诗的好处："绝艳""繁枝"，可能正是他们和时代的写照。两位老人或许会相对一笑。那一刻，他们各自馨香盈怀袖地等了很久。哪怕等了很久，他们还是能肩并肩地看见。

物稽情魂書壽面句云惠草萋美卬□眉目

獨儔逃匕塵楊与□□□物稽情诗云面□

可太空此乃大妤之境之□如焉卓去

怡然之□径遊一也其如夕留□□□

之细曰东了□仍繁住暖自若當和

步□遠之人詩耗世佛一要物□□

也廣子甕夏正

〔印〕

庭中有奇樹　嘉木也觀發華擊香香樹之大奇不在

異而在于嘉張平子西京賦謂嘉木樹

庭芳艸如積同馬溫公張君墓誌銘曰苑被草
木喜嘉木煒下其華華比白象高佐之矣宣慎之　綠葉發滋

開後題畢多化用所句善王維
題畫藥二首等嘗如見足之矣

華艸釋艸木謂之華艸謂之榮不榮
而實者謂之秀榮而不實者謂之英　攀條折其榮

爾雅釋艸木謂之華艸謂之榮不榮
而實者謂之秀榮而不實者謂之英　將以遺所思

馨香　一遠之謂國語周語其德足以昭其馨香韋氏注云
馨香芳馨之異聞者也一久之謂漢董嬌嬈詩云
安内久馨香金瓶梅詞話謂馨香香可擷今人箋此詩每取遠
之言以表思之切余獨曰為若取久之謂呂表思之長無一郡也

盈懷袖　籠也怨氣盡發然
終況遠莫能及也情餘悵然笑　路遠莫
致之此物何足貴但感別經時　別經時也
結八數書

右漢古詩十九首庭中有奇樹

〔诗可以兴〕

拟庭中有奇树

馨香盈怀袖,路远亦何妨?

我可不是孤独的人
想要说话
便有人同我说
想要喝酒也可以
想要哄谑也可以   行至此地,我总觉得
想要人群就有人群   是为了看一些
想要朋友就有朋友   你想让我看见的景致
想要温热的身体滚烫的心   有几回
也有幸遇到,可偶尔   好像看见了
还是想给你写信   真该写信给你

十

迢迢牵牛星

迢迢牵牛星

迢迢牵牛星，皎皎河汉女。1

纤纤擢素手，札札弄机杼。2

终日不成章，泣涕零如雨。

河汉清且浅，相去复几许。3

盈盈一水间，脉脉不得语。4

〔诗脉〕

1.迢迢:远。皎皎:明。河汉:银河。

2.擢:举。札札:举手弄机杼之声。举目天河,见牵牛、织女各处银河一边,遂遥想织女之机杼。

3.河汉清且浅,相去复几许:一道清浅的银河,如此而已。诗人不是科学家。他眼里的银河,不是天文现象,而是命运的象征。牵牛、织女的命运是,被一道银河挡住了彼此。看起来,那是很容易跨过去的障碍。

4.盈盈一水间:盈盈,重申天河清且浅。脉脉:《尔雅》:"脉,相视也。"世上果真有些距离,看起来一步之遥,其实隔着永生永世。"盈盈一水间,脉脉不得语",是个惊心动魄的象,提醒人们那种永难玉成的亏缺,永难填满的渴欲。这个象之所以惊心动魄,不只在于揭示了那个"永难",更在于静穆地背负着"永难"。

〔诗旨〕

张庚:吴氏曰:此盖臣不得于君之诗,特借织女为寓。

姜任修:惧间也。

拟迢迢牵牛星

陆机

昭昭清汉晖，粲粲光天步。

牵牛西北回，织女东南顾。

华容一何冶，挥手如振素。

怨彼河无梁，悲此年岁暮。

跂彼无良缘，睆焉不得度。

引领望大川，双涕如霑露。

［外传］

安娜和卡列宁的婚姻已经无法挽回，但卡列宁迟迟不同意离婚。安娜和华伦斯基住在莫斯科，等着那个未必会来的离婚许可。

莫斯科的社交界排斥安娜，华伦斯基却在那里如鱼得水。安娜爱华伦斯基，想要得到更多的爱，怎么也不满足。华伦斯基开始厌倦、闪躲。他的世界很热闹，不只有安娜。他们开始吵架，吵架之后又和好。华伦斯基不在的时候，安娜就责备自己。刚刚责备几句，又想象华伦斯基爱上了别的女人。紧接着，想象变成了断定，怨愤责备一股脑涌起来。好多天了，他们不能平静地谈话。讲不了几句，安娜就变得歇斯底里。她对华伦斯基大喊：

> 我要的是爱情，可是没有爱情。因此全完了……抛弃我，抛弃我吧！

可是没过几秒钟，她那不顾死活的妒意一转眼就变成不顾死活的狂恋。她搂住他，在他的头上、脖子上和双手上印满数不清的热吻。

他们晚上和好，第二天再吵。华伦斯基一整天没回来，晚上睡在书房。

安娜走到他跟前，举着蜡烛照着他的脸，好一阵望着他。这会儿，他睡着了，她实在爱他，一看见他的模样，就忍不住流出爱的热泪。不过她知道，他一醒来，就会用自以为是的冷酷目光看她；她要向他倾诉爱情，首先非得向他证明是他负她不可。她没有弄醒他，回到自己房里。（草婴译文）

天亮，他们又吵了一架。华伦斯基走了。她写了条子，求他回来。仆人说，他到下城车站去了。安娜给他拍了电报，然后出门，去火车站找他。马车上，她觉得看清了人与人之间的关系：

"我在爱情上越来越热烈，越来越自私，他却越来越冷淡，这就是我们分手的原因，"她继续想。"真是无可奈何。我把一切都寄托在他身上，我要求他也更多地为我献身。他却越来越疏远我。我们结合前心心相印，难舍难分；结合后却分道扬镳，各奔东西。这种局面无法改变。他说我无缘无故吃醋，我自己也说我无缘无故吃醋，但这不是事实。我不是吃醋，而是感到不满足。"……"要是他并不爱我，只是出于责任心才对我曲意温存，却没有我所渴望的爱情，那就比仇恨更坏一千倍！这简直是地狱！事情就是这样。他早就不爱我了。爱情一结束，仇恨就开始……这些街道我全不认识了。还有一座座小山，到处是房子，房子……房子里全是人，数不清的人，个个都是冤家……嗳，让我想想，怎样才能幸福？……我使他不幸，他使我不幸；他不能改变，我也不能改变。一切办法都试过了，螺丝坏了，拧不紧了……"（草婴译文）

　　托尔斯泰的《安娜·卡列尼娜》,看了很多遍。头两遍,很自然地关心安娜。但在关心安娜的时期,我可能还不具备理解安娜的心智和经历。多年之后重读,兴趣已转到列文身上。列文是托尔斯泰的映象。这个映象,几年之后会发展成《忏悔录》里的那个列夫·托尔斯泰伯爵。我的意思是,写出列文的,正是那个越来越关心秩序、民族、信仰、纯朴生活、灵性体验的托尔斯泰,那个作为俄罗斯的良心的托尔斯泰。而写出安娜的,则是一位伟大的诗人。这位诗人,对人类心灵里的幽微委曲洞若观火,既冷峻又同情。我似乎能读懂一点列文,仍然不能读懂安娜。她的情感,似乎没法套用社会、心理、病理的分析理论。她身上,有某种只有诗人才能抓住的东西。那种东西,不只属于一个出轨的女人,不只属于一桩婚姻逸事。

　　前面那两段引文,是很久以前的读书笔记,一直躺在笔记本里。偶然翻出来重读,好像对安娜多了些了解。她的痛苦,不在于选择华伦斯基还是卡列宁,不在于能不能离婚或能不能结婚,也不在于能不能找到与恋人相处的好方法。她的痛苦在于她的渴欲,那是一种永远无法填满的东西。她意识到这种渴欲的毁灭性。但她似乎没有意识到,毁灭性的源头之一,是它的无可言说。不管用什么方法,她都没法说清心里的东西。她跟华伦斯基贴得再近,都好像远隔天涯。这不是语言技巧的问题,这是人的问题。诗人托尔斯泰看见了人身上这种让人绝望的东西,让它发展成毁灭。上面那段引文几页之后,安娜纵身铁轨。

　　有一次,讲《迢迢牵牛星》,我跟小朋友们聊起了安娜。聊着聊着,

小朋友们不耐烦了。他们质问:老师,那个神经质的女人,跟这首干干净净的诗有什么关系呢?

我说:我很可能跑题了。但你们还得再给我一点耐心,因为我还有一个可能更神经质的故事。

1912 年,巴黎,中欧人祖结识了法国人占。他们很快成了好友,秉烛夜谈,聊翻译、聊诗、聊女人。他们共同结识的女人里,凯茨最特别。她有时温柔,有时暴烈。她会跟祖和占在街上赛跑,会忽然摘下手套跳进塞纳河。

祖和占一起爱凯茨。占追求凯茨。凯茨说:"这个不行。"凯茨接受了祖的求婚。

战争("一战")结束,祖与凯茨有了女儿。祖与占还有凯茨在乡间别墅重聚。凯茨拉住占,跟他谈了一整夜。祖决定,让占留下来,三个人形影不离。晚上,凯茨睡在占的房间。

有一次他们三个人走在河边,多处是湍急的水流和瀑布,他们一致觉得瀑布像凯茨,激烈的漩涡像占,而下来的、平静的、宽阔的河面则像祖。

凯茨是渴欲一切的那个,祖是接受一切的那个。而占,凯茨暴烈时他也暴烈,凯茨冷却时他也冷却。凯茨渴望爱,但不满足于一种爱。她需要祖,但不满足。她需要占,也不满足。他们第一次看见她,是在一座希腊雕像前,她带着希腊雕像式的微笑:

她的微笑飘着。强大、青春、渴求吻，也渴求血。

　　她渴求，自己也不知道究竟渴求什么。三个人的"爱情"，持续了二十年。其间，不存在嫉妒、仇恨，没有三角关系里该有的一切。祖与占"没有任何矛盾地温柔相爱"（电影导演特吕弗语），也各自努力爱着凯茨。凯茨呢，似乎总是觉得不够。占也曾厌倦，想要结束。凯茨举起枪，占把枪夺下。

　　三个人最后相聚，是在塞纳河边。凯茨和占坐在汽车里。凯茨告诉祖：

　　好好看着我们。

　　他们的车冲过栏杆坠入河里。

　　亨利－皮埃尔·罗什生于 1879 年，写《祖与占》（夏宁译，上海译文出版社 2010 年）时，七十六岁。这部小说，我看过两遍，朦朦胧胧的。也看了电影，仍然朦朦胧胧。身边的朋友，把小说和电影看成美丽的爱情故事。我觉得，作者可能想要表达某种爱情填不满的东西。

　　法国作者和托尔斯泰的文风天差地别。我却总觉得，凯茨和安娜有点儿像。她们都遇见了人的宿命般的困境：填不满的渴欲，以及难以言说的填不满。是填不满的"渴欲"，而非填不满的"欲望"。渴欲比欲望大得多，也深得多。正因如此，人没法表达它。安娜和凯茨不只永不满足，她们还没办法表达那种不满足。哪怕华伦斯基、祖与占就在她们面前。所以最后那个晚上，安娜只能举着蜡烛望着华伦斯基。所以最后那个白天，凯茨对祖说"好好看看我们"。

她们的渴欲很美，也很绝望，绝望到必须诉诸毁灭。这种美、绝望和毁灭，是很多伟大诗人想要把握的东西。

那天，讲完《安娜·卡列尼娜》和《祖与占》，小朋友问：老师，现在能说说它们跟《迢迢牵牛星》的关系了么？

《迢迢牵牛星》的诗人，不写如此别扭的爱情。他写的，的确只是一种干干净净的忍耐。

可是要想领会它的干干净净，得先读出一种作为背景的绝望。"河汉清且浅，相去复几许"，诗人强调了好几次，那条天河看起来太容易跨过了。牵牛、织女面前的，就是一条盈盈浅浅的毫不狂暴、毫无侵略性的清溪。世上果真有些距离，看起来一步之遥，其实隔着永生永世。这远比那些暴烈、残酷的阻挡更让人绝望。

挡在安娜、凯茨面前的，不也是一条清且浅的清溪么。好像只要一次长谈、一个拥抱、一个眼神就能跨过去的距离，其实是永远跨不过去的距离。因为这个距离，她们那满足不了的渴欲便永远不得满足。那位皎皎河汉女，不也是带着这永难满足的渴欲，"终日不成章，泣涕零如雨"么？

《迢迢牵牛星》的诗人写了一首干干净净的诗。之所以干净，因为他剔除了所有冗余信息，把画面定格在那永难跨过的清浅、永难满足的渴欲。这种永难，他写得淡淡的。可那淡淡的词句里，有绝望。这种绝望，托尔斯泰看到了，《迢迢牵牛星》的诗人也看到了。托尔斯泰把他看到的绝望铸成安娜这个象，《迢迢牵牛星》的诗人把他看到的绝望铸

成"盈盈一水间，脉脉不得语"这个象。他们铸造的象，会让人们读出宿命感。不是每个人都有安娜的故事，但每个人都与安娜的绝望有关。尤其是那些用力生活过，用力渴欲过的人。

小朋友说：可是我觉得，安娜、凯茨跟这位皎皎河汉女一点儿也不像。

我说：没错，她们一点儿也不像。她们都从那个"永难"出发，走出了全然不同的命运。安娜、凯茨从"永难"走向绝望、毁灭。皎皎河汉女站在"永难"面前，静穆地背负着"永难"。安娜、凯茨，需要铁轨和塞纳河的吞噬。这位河汉女，只是静穆地站在那里。

我说：所以，《迢迢牵牛星》跟《安娜·卡列尼娜》没什么关系，跟《祖与占》也没什么关系。托尔斯泰他们是写出绝望和毁灭的诗人。《迢迢牵牛星》的诗人，写出来的是静穆的美。但你得知道，那静穆，是担荷着绝望的静穆。

小朋友说：那么，这位诗人比托尔斯泰还伟大喽？

我说：人在享受诗的时候，是不需要这种无聊问题的。安娜、凯茨是诗人馈赠给读者的伟大的象。"盈盈一水间，脉脉不得语"也是诗人馈赠给读者的伟大的象。少了哪一种，读者都会错过对人性和自己的了解。

小朋友说：好吧，老师，虽然你今天又跑题了，我们至少读到了三种爱情。

我说：你们真的觉得诗里只有爱情么？我们还是不要忘了古代读者的意见。

姚鼐说:此近臣不得志之作。

方廷珪说:篇中以牵牛喻君,以织女喻臣。

张琦说:忠臣见疏于君之辞。

……

小朋友又不耐烦了:老师,你真的觉得牵牛是君、织女是臣,他们被小人阻隔? 这样读,是不是太无趣了?

我说:如果完全同意古代读者的指点,我就不会跑题这么远,讲安娜和凯茨的故事了。但我真的认为,古人不像我们以为的那样离谱。《迢迢牵牛星》里真的未必只有爱情。我们刚刚聊了"永难跨过的清浅、永难满足的渴欲"。努力爱过的男女,会了解那里面的绝望。努力效忠过的臣子,也会了解那里面的绝望。古代读者说,他们能从这首干净的诗里获得力量。因为那种静穆的担荷,为他们展示大臣该有的最高贵的姿态。我觉得,他们的读法是对的。只不过,他们的读法可能还不够。正如诗里不只有爱情,诗里也不只有君臣。

小朋友说:老师,如果你还有一次跑题的机会,你会再给我们讲谁的故事呢?

我说:我特别喜欢《论语》里的两个故事,他们干净到一点情节都没有。

有一次,孔子忽然对学生说:

> 二三子以我为隐乎? 吾无隐乎尔。吾无行而不与二三子者,是丘也。(《述而》)

　　孔子是位敬业的老师。他对学生们说过很多话，可学生们还是怀疑老师把最重要的道理藏起来了。孔子说：你们以为我隐藏了什么吗？我什么都没有隐藏啊，我早已把我这个人向你们和盘托出了。你们难道还不认识我么？然后，夫子就沉默了。

　　还有一次，夫子保持沉默，子贡请求他多说点儿什么：

　　　子曰："予欲无言。"子贡曰："子如不言，则小子何述焉？"子曰："天何言哉？四时行焉，百物生焉，天何言哉？"（《阳货》）

　　孔子说，天不就是沉默的么，所以我也不想再说什么了。

　　孔子一生，孜孜不倦地讲学、传道。但他始终明白一件事：在他和世界之间，隔着一条理解的鸿沟。他必须不断言说，这是他的使命；他不可能得到理解，这是他的宿命。那道理解的鸿沟，横在他和敌人之间，他和世人之间，甚至也横在他和弟子之间。他和弟子朝夕相处，那道鸿沟似乎很容易跨过。他不断走进人群，走到世人、敌人面前。那道鸿沟似乎也很容易跨过。但他知道，跨不过去的，永远跨不过去。于是，他努力担起使命，也努力担起宿命。他孜孜不倦地说话、教授。但他也甘愿沉默。有个更真实的他，在他的沉默里面。

　　这两个没有情节的故事，其实有一个情节：孔子在世界和世人面前沉默了。这是孔子的"盈盈一水间，脉脉不得语"。这是孔子的静穆的担荷。

题声出望河涛
幼牺怀袁年札美
样拂孩白不朱一军注涛
雪幼四河清且博
没染泽

〔诗可以兴〕

父亲

那年，那天，他忽然抱我，我把他推开。他一定有话想说，离得多近都说不出来的话。

他四十就秃了

走在人堆儿里

我快跑几步

转身

找他的光头

他五十就老了

最热的夏天

闯进我的屋子 抱我

我使劲抖开

别扭了五分钟

他六十就怕了

端着电话

一个一个

跟未必多朋友的朋友

道别

我四十的时候他就八十了

他永远也八十不了

我极有可能走到我的四十

我剃了光头

我尽量不拥抱

我偶尔盼望一场不告别的死

躺在林子里，烂掉

我不怎么想他

我只想看看他再老一些的样子

十一

回车驾言迈

这是一首守住中道、渴望热乎乎的生活的常人之诗。

回车驾言迈

回车驾言迈，悠悠涉长道。 1

四顾何茫茫，东风摇百草。 2

所遇无故物，焉得不速老。 3

盛衰各有时，立身苦不早。 4

人生非金石，岂能长寿考。 5

奄忽随物化，荣名以为宝。 6

［诗脉］

1.回车：转车。驾言：《诗·邶风·泉水》："驾言出游，以写我忧。"言，语助，无义。迈：远。首句，驾车出行，辗转跋涉于长路。既言"回车"，可见已长路踯躅犹疑久矣。

2.四顾何茫茫：茫茫：草木弥远。东风摇百草：《楚辞·九辨》："悲哉！秋之为气也。萧瑟兮，草木摇落而变衰。"四顾，言空间的迷茫；东风，言时间的焦虑。

3.所遇无故物，焉得不速老：吕向："物皆去故而就新，人何得不速衰老。"此句，从空间时间的迷茫焦虑而至于忧生之叹。世界自顾自地变易更新，人无可奈何地停滞、衰朽。人幼时往往不觉世界之变易，总以为生命生活永远如此。及至壮年、老年，越来越感到世界变易，逝者如斯。感到世界变易时，也即感到此身老去时。两种感受同时呈现加速度。《世说新语·文学》："王孝伯在京行散，至其弟王睹户侧，问：'古诗何句为佳？'睹思未答。孝伯咏'所遇无故物，焉得不速老？'此句为佳。"

4.盛衰各有时：上句言世界维新、生命流逝，乃忧生之叹。此句从忧生转向自宽。惊叹世界维新、生命流逝，乃为忧生。以维新、流逝为常态，乃为自宽。"盛衰各有时"，以盛衰为常态，人当安于常态。立身苦不早：《左传·襄公二十四年》："大上有立德，其次有立功，其次有立言。虽久不废，此之谓不朽。"由自宽一跃而为自勉。世界迁流人有盛

衰,此固为常态。人当于盛衰迁流中能自树立。

5.人生非金石,岂能长寿考:考,老。此句呼应"盛衰各有时",明智之人,以有朽为常态。狂悖之人,常有不死之妄想。

6.奄乎随物化,荣名以为宝:奄:速。随物化:化而为异物,死也。荣名:立德立功立言,不朽之荣名。《史记·游侠列传》:"人貌荣名,岂有既乎。"全诗三、四、五句反复申说人之必死。人必死,所以人注定面临虚无之威胁。于是做出种种努力对抗虚无。建功立业,乃对抗之道。及时行乐,亦对抗之道。此诗,取前者。

〔诗旨〕

张庚:此因不得志于时而思立名于后也。

姜任修:劝惜阴也。

［外传］

还是那句话，死是一种生活教育。伟大的宗教、哲学，都从"死"这件唯一确定无疑的事出发，引出自己的教诲。因为死让人意识到虚无，意识到虚无，才能开始思索意义。而宗教与哲学的教诲，通常是要人在虚无的威胁中活出意义。

诗人不负责颁布宗教、哲学式的真理。诗人的责任，是为那些忽然走到"虚无"面前的人生瞬间作传。人生，正是由这样一些瞬间串联起来的。而历史学家、经济学家、政客，往往对这样的瞬间不屑一顾。粗鄙的数据匠人和政客们，根本不知道人生还有这样的瞬间。

《青青陵上柏》从那样的瞬间开始。《回车驾言迈》也从那样的瞬间开始。

回车驾言迈，悠悠涉长道。四顾何茫茫，东风摇百草。

跋涉于人生长路，诗人忽然发现自己来到"虚无"面前。人一旦意识到死这个无边的虚无，就会立刻发现，生命是一座孤岛。孤岛上辛苦生长建造的一切，迟早要被虚无吞没。这一瞬间之前，他无须操心为何活、如何活。因为活着只是一个不假思索的习惯。这个瞬间到来了。从此，他必须把生活当成一个问题。他不能破解这个问题，但必须给自己

一个答案,哪怕只是暂时够用的答案。不如此,他没法重回生活。无论何其幼稚、浅薄,那些答案都是他亲自从虚无的漫天阴影里辨认出来的微光。而此前,他仅仅知道一点儿有关生活的闲言闲语。

这真是严峻的瞬间,唯有诗人能够把握的瞬间。《神曲》开篇,但丁说:

> 在人生的中途,我发现我已经迷失了正路,走进了一座幽暗的森林。(田德望译文)

整部《神曲》,就始于这个严峻的瞬间。接下去,但丁顺着导师维吉尔的引导,历览人生万象,又在贝阿特丽采面前领受天音。而这一切,当然为了重返生活。

汉语诗史上,同样有很多伟大的段落揭示这个瞬间。《庄子·齐物论》里有段让人毛骨悚然的话:

> 一受其成形,不亡以待尽。与物相刃相靡,其行尽如驰,而莫之能止,不亦悲乎!终身役役而不见其成功,苶然疲役而不知其所归,可不哀邪!人谓之不死,奚益? 其形化,其心与之然,可不谓大哀乎?

从出生那刻起,人生的主要情节就是走向死亡。人活在世界上,就与世界相互折磨、相互耗损,就只折磨着耗损着奔向死,没人能够阻拦。《马可波罗游记》里说:印度有一种蛇。猎人要捕杀它,只要在它的必经之路埋一把刀,刀尖朝上。那蛇经过,身体前段被刀刃划破。蛇不会后退,反而一直逆着刀刃向前,直至全身都被剖开。人,可能也像那条蛇,太崇拜自己埋在土里的刀子。庄子说,那些看不到生之虚妄的人,拼命想要抓住根本抓不住的东西,拼命崇拜终要归于虚无的东西,真是可悲,可哀。人死可哀,人不能认识死,乃是大哀。这是《齐物论》开篇不久的一段话。我觉得,整部《庄子》都从这里展开。正是从这段悲伤到残忍的话出发,庄子尽情奚落人间种种虚妄的偶像崇拜。

这是《庄子》书中最伟大的诗性段落之一。它揭示了那个迎面撞上"虚无"的人生瞬间。"与物相刃相靡,其行尽如驰,而莫之能止",这是世界早已备好并且不断强加给人的惯常道路。行至半途,或接近终点,人猛然意识到这条路的荒唐虚妄,何等惊惶,近乎恐怖。可是如果没有这样的瞬间,那又何等悲哀,近乎残酷。"回车驾言迈"的那个"回"字,或许就指向这个毛骨悚然的瞬间。

《红楼梦》里也有这样的瞬间。二十七回,宝玉听黛玉念《葬花词》:

先不过点头感叹,次后听到"侬今葬花人笑痴,他年葬侬知是谁","一朝春尽红颜老,花落人亡两不知"等句,不觉恸倒山坡之上,怀里兜的落花撒了一地。

试想林黛玉的花颜月貌,将来亦到无可寻觅之时,宁不心碎肠断!既黛玉终归无可寻觅之时,推之于他人,如宝钗、香菱、袭人等人,亦可到无可寻觅之时矣。宝钗等终归无可寻觅之时,则自己

又安在哉？

且自身尚不知何在何往，则斯处，斯园，斯花，斯柳，又不知当属谁姓矣！

因此一而二，二而三，反复推求了去，真不知此时此际欲为何等蠢物，杳无所知，逃大造，出尘网，使可解释这段悲伤。

假若没有这样的瞬间，宝玉大概也会在熙熙攘攘的惯常道路上"行尽如驰，而莫之能止"，很快坍塌成薛蟠、贾琏吧。

诗，便是要抓住这个瞬间，为这个瞬间立传。

但是，从同一个瞬间出发，心灵可能走出不同的方向。但丁从人生中途的幽暗之林出发，向地狱探望，向天堂攀升。庄子从"与物相刃相靡，其行尽如驰"的恐怖领悟出发，无情检讨人间知识，戳穿其虚妄。宝玉的终点或曰起点，是"白茫茫大地真干净"。于是，诗趋向神学、哲学。

除了走向天堂、解脱这样的允竟之道，诗，还可以守住"中道"。在直面"虚无"的瞬间，人意识到人生的空幻。但这不妨碍他继续眷恋人生。"虚无"给他的最大教诲，是不再崇拜那种未经思索的浅薄乐观。但"虚无"毕竟不能剥夺他的乐观。他还是乐意相信，生活里面就有帮他抵御"虚无"的东西，哪怕只是暂时的抵御。抓住那个"暂时的抵御"，这就是守住"中道"，就是过"中道"生活。

"中道"生活是这样的：面对"虚无"，人既不没心没肺无知无觉，也不肝胆俱裂透支恐惧。他知道，被"虚无"围困的生活不值得崇拜；他也知道，尚未被"虚无"淹没的生活值得珍视。不承认"虚无"，是自欺欺人。以"虚无"之名否认、诅咒生活,是助纣为虐,是不可救药的虚无主义。

"中道"生活就是明知身处孤岛,也要在孤岛上做"暂时的抵御",过热乎乎的生活。

从遇见"虚无",到守住"中道",人得经过两次醒来。

"回车驾言迈,悠悠涉长道。四顾何茫茫,东风摇百草。"诗人从对"虚无"的无知无觉中醒来。

"所遇无故物,焉得不速老。"正因从对"虚无"的无知无觉中醒来,所以惶惑惊恐一时袭来。

"盛衰各有时,立身苦不早。"他决定把那迟早到来的"虚无"当成既定事实接受下来。他也决定,在"虚无"降临之前抓住些什么。这是他第二次醒来,从对"虚无"的崇拜中醒来。"虚无"能够治愈生活中的各种偶像崇拜。但"虚无"本身也向人索要崇拜。真正使生活堕入"虚无"的,不是看见"虚无",而是对"虚无"的崇拜。要从看不见"虚无"的梦幻中醒来,还要从对"虚无"的崇拜中醒来。

"人生非金石,岂能长寿考。奄忽随物化,荣名以为宝。"经过两次醒来,诗人要从"四顾何茫茫"中重回生活。他得在生活里抓住些什么。他的选择,是"立身"和"荣名"。看起来似乎不够深刻,但他至少不再像从前那般幼稚,至少从那种对肉身生命的疯狂自恋中清醒过来。不是所有人都能清醒。太多想在尘世当神的人,一次又一次不知不觉间堕入这种疯狂。

"立身""荣名",不是什么抵御"虚无"的新哲学,只是自古相传的老道理。诗人两次醒来,重回"中道"。他的"中道",就是守住老道理。凭

着这些老道理,他不致在"四顾何茫茫"中忧郁至死,他可以重启热乎乎的生活。

建功立业、修德树名,在宗教家、哲学家眼里,这算不得什么终结解决之道。但对生活而言,这就够了。很多时候,这样的老道理,比深刻的哲学更有疗效。人需要的不是躺在荒草里看穿一切,而是带着看见一切的忧伤,振作精神,走出荒草。

《回车驾言迈》不是《庄子》《神曲》那样的哲人之诗,而是一首渴望热乎乎的生活的常人之诗。它是一位常人的心灵传记:他猛然意识到"虚无",又努力从对"虚无"的惊惧中醒来,振作精神,重回生活。

《回车驾言迈》所说的"立身""荣名",古代读者再清楚不过。但即便是古代读者,也对诗人的答案不甚满意。

陆时雍说:王元美尝论此诗云:

> "奄忽随物化,荣名以为宝",不得已而讬之名;"千秋万岁后,荣名安所之",名亦无归矣!又不得已而归之酒,曰"不如饮美酒,被服纨与素";至于被服纨与素,其趣愈卑,而其情益可悯矣。

陈祚明说:

> 慨得志之无时,河清难俟,不得已而讬之身后之名。名与身孰亲?悲夫!古今唯此失志之感,不得已而讬之名,讬之神仙,讬之饮酒;惟知道者,可以冥忘;有所讬以自解者,其不解弥深。

他们的意思是说,《回车驾言迈》这位诗人有些浅薄。求荣名、纵乐饮酒,根本不是抵御"虚无"的终极办法。很可能,那些寄望于名、酒的人,会遭遇更大更深的虚无。

如果把一首诗当成一部人生哲学,或一道生活公式,那么他们的批评不无道理。世上有太多深刻哲学可以把"荣名以为宝"驳斥得体无完肤。但是,又何必把诗读成哲学或公式呢?诗的迷人之处,恰恰在于能够尊重那些尚未定型的心灵瞬间。

不是所有心灵都会遭遇直面"虚无"的瞬间。也不是所有心灵都会即刻从"虚无"奔向彻悟。一阵惊惶之后,人总需要一点暂时的温暖和依凭。找到某个温暖和依凭,紧紧抓住它,哪怕只是暂时的。这个"抓住",也是特别重要的心灵瞬间。

《回车驾言迈》是为这个瞬间作传。这样的瞬间,我觉得无比亲切,不忍拿高深哲学戳破它。

人生非金石　豈能長壽考
奄忽隨物化　榮名以為寶

庚子孟夏
斑　書

[诗可以兴]

拟回车驾言迈

哲学,可能是一种病。能治好它的,只有热乎乎的生活。

越是落叶时节
我越渴望更多的钱

更大的房子
和吱吱的声音

和一块田
越是落叶时节

和一口井
我越渴望房子

和一棵树
越想工作

和爷爷
成名,富有

和爹娘
衣锦还乡

对人间烟火有正义感的妻
没什么好羞愧的

酷爱打猎的儿子
我又不崇拜房子

下雨之前补好屋顶
我只是

陪爷爷过完最后一个冬
崇拜所有

然后是爹娘,然后是妻和我
颁布给我的冬天

老去的房子总有药香
我想过完它们

（十二）

东城高且长

东城高且长

东城高且长，逶迤自相属。

回风动地起，秋草萋已绿。

四时更变化，岁暮一何速。

晨风怀苦心，蟋蟀伤局促。

荡涤放情志，何为自结束。

燕赵多佳人，美者颜如玉。

被服罗裳衣，当户理清曲。

音响一何悲，弦急知柱促。

驰情整中带，沉吟聊踯躅。

思为双飞燕，衔泥巢君屋。

〔诗脉〕

1.逶迤:长。属:连。

2.回风:旋风。萋已绿:萋通"凄"。萋已绿,即绿已凄,秋草之绿意已凄凄然。

3.四时更变化,岁暮一何速:忧生之叹。

4.晨风:鹯。局促:促迫。此句承上句忧生之叹,岁暮之时,鹯与蟋蟀亦觉生命促迫,而心怀苦楚。

5.荡涤:去除。放情志:恣意而行。何必自结束:何必约束以自苦。三、四句言忧生。此句欲将忧患抛诸脑后,恣意行乐。

6.燕赵多佳人:《史记·货殖列传》:"中山地薄人众,犹有沙丘纣淫地余民,民俗懁急,仰机利而食。丈夫相聚游戏,悲歌慷慨,起则相随椎剽,休则掘冢作巧奸冶,多美物,为倡优。女子则鼓鸣瑟,跕屣,游媚贵富,入后宫,遍诸侯。"上句欲恣意行乐,引出此句寻觅佳人。

7.被服罗裳衣,当户理清曲:上句欲觅佳人,此句得见佳人。

8.音响一何悲,弦急知柱促:有弦有柱,则佳人所奏为瑟,曲调悲伤。

9.驰情:神往。整中带:整顿中衣之带。五句说欲恣意行乐,乃寻觅佳人。及至得见佳人,听闻琴曲,竟生出矜庄之心,整顿仪容,不敢纵恣。

10.思为双飞燕,衔泥巢君屋:生出相伴相偎之渴欲。全诗,先写岁暮之颓唐感伤,再由感伤引发恣意行乐之欲念,复由纵恣转为神往,

复由神往而矜庄,归结为双宿双飞之爱欲。

〔诗旨〕

张庚:此盖伤岁月迫促而欲放情娱乐也。

姜任修:戒志荒也。

拟东城一何高

陆机

西山何其峻，层曲郁崔嵬。

零露弥天坠，蕙叶凭林衰。

寒暑相因袭，时逝忽如颓。

三阃结飞罳，大夏嗟落晖。

曷为牵世务，中心若有违。

京洛多妖丽，玉颜侔琼蕤。

闲夜抚鸣琴，惠音清且悲。

长歌赴促节，哀响逐高徽。

一唱万夫叹，再唱梁尘飞。

思为河曲鸟，双游沣水湄。

〔外传〕

这是一首写都市的诗，尽管只在开头的一句提到"城"。写都市，可以写都市本身，也可以写都市里的人，和人的生命故事。

《两都赋》《二京赋》《三都赋》和《长安古意》，都写都市本身。班固、张衡、左思和卢照邻，他们的笔下，一个都城便是一个宇宙。写作者的使命，是用词汇为宇宙提供一幅知识拼图。一篇赋，就是一份关于宇宙的清单。清单要够细、够精致、够长，就像宇宙那样丰盈、有序、无穷。西汉和东汉，是宇宙般的都市涌现的时代。西汉的长安、东汉的洛阳，跟西周、东周时的城完全不同。比起帝国时代的都城，封建时代所有的邦国，都显得小国寡民。帝国时代都城的最大特征，是吸纳所有地方的人与物，抹掉所有人与物的地方性。帝国的都城，什么都有，什么都无法保持原貌。所以你很难说一座都城是什么样子。一个人可以了解自己的乡村，但没人可以了解一座都城。正因如此，才会有人写《两都赋》《二京赋》。这些文字的首席读者，是君主。它们犹如献给君主的地图或账簿，好让君主把自己的财产纳于指掌。

可是，对一个在都城讨生活的小人物而言，那些地图、账簿没什么意义。账簿上光怪陆离的事物、词汇，多数与他无关。与他有关的只有一个触目惊心的对比：城的大，自己的小。于是，班固、张衡这些帝国写手下笔万言的都城，到了我们的诗人这里，只有两句：东城高且长，透迤自相属。

"高且长",是太直白的语言。直白本身,意味深长。人们言说一物,越是熟悉,越是精细地描摹、形容。充分地描摹、形容一物,即表示充分了解一物,占有一物。大赋的作者们精细描摹都城,效果之一,是为君主制造占有感。我们的诗人,不描摹,不形容。秋风起,他意识到又是一年将尽。这是他在城中的第几年? 不知道。但无论待了多久,城对于他,都是陌生、异己之物。所以,无法描摹、形容,只能"高且长"。都市就有种魔力:把所有人吸进来,却不让他们在里面找到家园之感。

走进都市的人,身上都带着家乡的泥土。他们想在都市里洗净泥土,又想在都市里开花结果。于是生出种种希望与失望,痛苦与救赎。这是班固、张衡、左思们不写的东西,却是我们的诗人要写的东西。他要写的,是一个小人物在都市宇宙中的几个瞬间。

荡涤放情志

都市宇宙给人的第一感觉是大,无穷无尽无可把捉的大。与大相伴的第二个感觉是小,囚笼般的小。"东城高且长,逶迤自相属",诗人心里的城,是围城,宏大却封闭的空间。在这个空间里,他感觉被锁住,被遗弃。他用一虫一鸟写这个感觉。

晨风健于飞,迅疾如光。迅疾如光的晨风,都苦于时光的迅疾,因而"怀苦心"。时光不缓慢,也不迅疾,只是自顾自地流逝。正因这"自顾自",人会从流逝中感到被遗弃。一年将尽之时,遗弃感尤其苦深。蟋蟀

本来鸣于草野。秋风起，则蟋蟀在堂。七月在野，八月在宇，九月在户，十月蟋蟀入我床下。从草野而至床下，这在蟋蟀大概是不得已的事。为了生存下去，必须忍受生存空间的塌缩。这是无可奈何的生存交易。为了生存，蟋蟀迁到局促的床下。为了生存，诗人进入局促的都市。蟋蟀毕竟靠忍耐换得几寸光阴。诗人却觉得，在陌生、庞大、局促的城里，自己被时间遗弃了。

进入城市的人总会带着一点儿古称雄心今称梦想的念头。哪怕雄心或梦想仅仅关乎生存：活，活得好些。为了这点儿念头，人们甘心把自己从土里拔出来。然后，来到一个不能生根的陌生之地，渴望长出些什么来。这种念头，容易在万物滋生的时候滋生，也容易在万物凋零的时候凋零。秋天，就是这么个矛盾的季节。有人看到收获，无可收获的人看到凋零。没有泥土的都市，能收获什么呢。

凋零的秋日，宇宙般的都城，诗人被巨大的虚无感俘获。于是他来到第一个命运攸关的瞬间。

虚无感，让从前的一切变得可疑。"何为自结束"，这是诗人抛给自己的虚无主义问题。结束，即是拘束。自结束，即是自行选择的拘束。为了生活，诗人自愿担起担，背上轭。他来到陌生之地，接受这个陌生之地的一切规则。这是他跟生活和命运做的交易。可是现在，这笔交易整个地可疑。"自结束"，是诗人的出价。如此高昂的代价，换来的只是幻灭。时间无情，城无情，勤苦成了对勤苦的嘲讽。"何为"，是个很重的词。诗人用这两个字驳倒了此前的生活、勤苦和梦。

诗人驳倒了自己。于是他做了第一个决断："荡涤放情志。"荡涤，是要冲刷。从前那样的日子，充满了傻、不划算、一厢情愿、自讨苦吃。

现在诗人要把那些错误冲刷干净。勤苦够了,他想解放。"荡涤"是冲刷过去。"放情志"是解放将来。不想再勤苦,再拘束,他想尝尝抛下担子和轭的滋味。

"荡涤放情志,何为自结束",这是一个人的生活转向。他先是发现生活的虚无,继而决定过与虚无相配的生活。什么生活与虚无相配?那就是放下自律,尽可能地享乐。发现虚无,是对从前生活的反驳。投身享乐,是对从前生活的报复性补偿。

一个人,可以在某个瞬间否定从前的一切,变成一个新人。这样的瞬间,可能发生在时空中的任何地方。

燕赵多佳人

诗人革了自己的命。革命之后,他打算在这个都城里过从前不敢过的生活。他想要的不是爱,是女人。如果再无理由相信一个美好的未来,那就再没什么理由阻挡他消费现在。"东城高且长,逶迤自相属。"这个宇宙般宏大陌生的都城里,没有现成的爱情,却从不缺少现成的女人:供人享乐的肉体。

燕赵佳人,不是一般意义的美人。《史记·货殖列传》:

> 中山地薄人众,犹有沙丘纣淫地余民,民俗懁急,仰机利而食。丈夫相聚游戏,悲歌忼慨,起则相随椎剽,休则掘冢作巧奸冶,多美物,为倡优。女子则鼓鸣瑟,跕屣,游媚贵富,入后宫,遍诸侯。

　　司马迁这段话,是说战国时中山一代的民风。在司马迁看来,中山、燕、赵这几个地方,民风相似。总的来说就是,为了生存,男人以彪悍为资本,女人以妩媚为资本。从战国到两汉,人们想到燕赵之地,往往想到两种人:慷慨悲歌之士和妓女。这两种人,都是强悍的为生存而奋争的人,也都以各自的方式让人感到某种"解放"。换个角度,当人们遭逢身心压迫的时候,总是容易跑到侠客、妓女那里寻求解放。

　　"燕赵多佳人,美者颜如玉。"解放了的诗人这样形容女人。"多",用来形容商品。佳人即商品。都城的好处终于显现出来:可供选择的商品多。"颜如玉",是诗人对商品的视觉要求。他要找的,是一具好看的肉体。他要从众多的"她们"里挑一个好看的"她"。他和她,是色欲的关系,消费的关系。

　　他在一瞬间变成享乐之人。他要找一个她,那是他的享乐之物。

　　很快,他到了她跟前。这个她,"被服罗裳衣,当户理清曲"。美丽的女子,奢华的衣服,对着门户弹琴。显然,这是一个活在众人目光里的女子。她在那里,就是为了满足那些色欲的目光。

　　正是在她面前,他来到第二个性命攸关的瞬间。

　　依照他刚刚经历的心灵革命,依照革命之后的生活逻辑,他应该毫不犹豫地消费她,享用她。这就是他此行的目的。革命之后,他根本没有理由反对这趟纵乐之旅,更没理由拖延它。

　　奇怪的是,纵乐竟被什么东西拖延了下来。

驰情整中带

按照第一次革命的逻辑,接下来该是诗人的纵乐之旅。可是,诗人写起了音乐。

音响一何悲,弦急知柱促。

那位燕赵佳人,弹着一支忧伤的曲子。诗人似乎是在闭眼倾听。"急",不是速度快,是音调高。佳人的琴音越来越高,琴弦绷得越来越紧。她一定是有太多东西想要用琴说。她弹琴给人听,她想说的,却在琴的音域之外。她不停地抬高琴音,为了抬高琴音,不停按压琴柱。似乎唯有如此,她才能让一首例行公事的曲子诉说自己的悲伤。这一切,诗人不是看到,而是听到。睁眼打量弹琴的佳人,看得到"柱促"。闭眼倾听,则要从音悲想象弦急,复从弦急推知柱促。

诗句从视觉转向了听觉。这很要紧。诗人本为色欲而来。视觉离色欲近,听觉离色欲远。眼睛用来寻觅身体。耳朵,却用来领会故事。当一个美丽的身体有了故事,就不再只是身体而已。

第二次革命发生了。

诗人此行,本为在众多她们当中找一个她,然后享用。忽然之间,他发现自己做不到。于是,"驰情整中带"。"整中带",是个下意识的动作。他听着琴,不自觉地抬手搭理衣襟,怕它散乱。他不是刚刚自问"何为自结束"么?那一问,是要撤掉加在身上的一切束缚,当然包括衣服。脱掉衣服,本就是纵乐之旅最形而下的目的。此刻,他却手与愿违。

一个被虚无解放的人，该是什么都不再在乎的人。一个整理襟带的人，一定是一个有所在乎的人。决心什么都不在乎的诗人，忽然有了想要在乎的东西。为什么下意识地"整中带"呢？因为他的意识里发生了一次"驰情"。他从想要使用一个人，变成向往一个人。

这是诗人第二次反驳自己。

第一次，他在深秋时节成了都市宇宙里的虚无主义者。他把从前的勤苦斥为虚幻。他不想苦行，他决心纵乐。正是带着全新的解放哲学，他来到燕赵佳人跟前。在佳人跟前，他整理衣襟。这个动作，是对解放哲学的反驳。忽然之间，他重又成了在乎什么的人。他用新生的在乎反驳了新生不久的解放。

思为双飞燕，衔泥巢君屋。

这是 个忽然闯进心灵的渴望。双飞燕，巢君屋，不是纵乐的渴望，而是生活的渴望。双飞燕，巢君屋，意味着爱与陪伴，意味着 个灵魂认识另一个灵魂，一个生命故事融入另一个生命故事。这跟那种在"她们"当中挑选一个"她"的色欲格格不入。这是一种忽然而至不知从何而起的爱欲。色欲让人挑选一个"她"，爱欲让人等待一个"你"。

这是一首心灵史诗。关于都市，都市里的人。

一个都市宇宙里的孤零零的人。他的生命故事，是在转身之间发生的两次解放。第一次，虚无把他从生活的绝望中解放出来。第二次，生活的渴望把他从虚无中解放出来。落入虚无的人，把世界当成物，填饱欲念的物。我们的诗人，却在刚刚落入虚无不久，重新看见了人。在

一个陈列肉体的地方,看见了,或者不如说听见了一个悲伤的、诉说着的、有故事的人。

　　这是一个没什么细节的爱情故事,却是一个具体而神秘的救赎的故事。《东城高且长》和《西北有高楼》有些像,又不太像。

东城高且长，逶迤自相属。回风
动地起，秋草萋已绿。四时更变化，岁
暮一何速。晨风怀苦心，蟋蟀伤局促。
荡涤放情志，何为自结束。燕赵
多佳人，美者颜如玉。被服罗裳衣，
当户理清曲。音响一何悲，弦急知柱
促。驰情整巾带，沉吟聊踯躅。思为
双飞燕，衔泥巢君屋　丁亥

〔诗可以兴〕

故事

　　每个被历史学家、经济学家遗忘的地方，都充满了故事。生活出现在这样的地方，仅仅出现在这样的地方。

　　　　给我一杯酒

　　　　给你一个故事

　　　　给我一杯茶

　　　　给你一个故事

　　　　给我一个耳聪目明的晚上

　　　　不奔波不颓唐的晚上

　　　　不关心物种起源和物价的晚上

　　　　给我一杯酒

　　　　给你一个关于故事的故事

　　　　我不怎么需要酒

　　　　但我需要故事

所以得喝一夜酒

我不怎么需要茶

但我需要故事

所以得有个杯子

冒着蓝田玉暖的香气

我不怎么需要晚上

但我需要故事

所以得有那样的晚上

不关心物种起源和物价的晚上

我不怎么需要朋友

但我需要故事

所以得有那样的朋友

在晚上寻找词语

并不崇拜词语的朋友

故事不是别的

故事是那种

属于独臂水手

和老祖母的语言

那种遗老般落寞着

嘲笑历史学家的语言

那种日光底下无新事

月光底下也没有

不为新事

只为赞叹日光和月光的语言

那种认命的语言

那种把命交给命的人

才配说的语言

故事不需要语言

语言需要故事

没有故事的语言

是历史学家的伪币

没有故事的人

是达尔文的脚注

没有故事的命运

是奴隶般活该的命运

没有故事的酒

是饲料

没有故事的晚上

是生物学的晚上

我不需要那样的晚上

十三

驱车上东门

热乎乎的生活，属于那些看得见死亡也看得见生活的人。

驱车上东门

驱车上东门，遥望郭北墓。

白杨何萧萧，松柏夹广路。

下有陈死人，杳杳即长暮。

潜寐黄泉下，千载永不寤。

浩浩阴阳移，年命如朝露。

人生忽如寄，寿无金石固。

万岁更相送，圣贤莫能度。

服食求神仙，多为药所误。

不如饮美酒，被服纨与素。

[诗脉]

1.上东门:汉时洛阳城东有三门,最北头曰"上东门"。郭北墓:洛阳北门外有邙山,城中人冢墓多在此地。

2. 白杨何萧萧,松柏夹广路:《白虎通德论·崩薨》:"天子坟高三仞,树以松;诸侯半之,树以柏;大夫八尺,树以栾;士四尺,树以槐;庶人无坟,树以杨柳。"见白杨、松柏,可知皆为地下之朽骨。白杨、松柏之象,引出下句两句。

3.陈死人:久死人。杳杳:幽暗。长暮:死人永不见天光,长夜不复明。

4.潜寐:一本作"寐潜"。黄泉:服虔《左传注》:"天玄地黄,泉在地中,故言黄泉。"永不寤:永不醒。三、四句,乃生者之死亡想象。与短促的生相比,死倒更接近永恒。想到死亡永恒虚无、永恒恐怖、永恒乏味,人乃珍视生活的乐趣,哪怕只是短暂的乐趣。

5.阴阳移:春夏为阳,秋冬为阴。阴阳移,即春秋逝。年命如朝露:相较大化之永恒流转,人生不过促如朝露。希图长命者,只是想在朝露上面寻找永恒,何其可笑。《庄子·逍遥游》:"楚之南有冥灵者,以五百岁为春,五百岁为秋;上古有大椿者,以八千岁为春,八千岁为秋。而彭祖乃今以久特闻,众人匹之,不亦悲乎!"

6.人生忽如寄,寿无金石固:一二三四句言死人,五六句从死人想

到永恒的死想到短促如朝露的生。面对生之短促,年命如朝露,是不抱希望;寿无金石固,是不无遗憾。

7.万岁更相送:万岁,自古。圣贤莫能度:度,僭越。有死、必死,乃人之本分,自古及今,圣贤亦不能僭越。

8.服食求神仙,多为药所误:希图不死者,僭越人之本分,聪明反被聪明误。执着生命,反因执着戕害生命。

9.被服纨与素:被服,服。纨,细绢。素,绢之统称。先言无可逃避的死,再言寻求不死的虚妄,最后归结到接受生之短暂,享受短暂中的快乐。

[诗旨]

张庚:此达人自言其所得也。

姜任修:劝达生也。

239

〔外传〕

《青青陵上柏》《回车驾言迈》《驱车上东门》《去者日以疏》是一组，都写经过死亡教育重返生活。

《青青陵上柏》的诗人观察人间的富贵。《回车驾言迈》的诗人寄望于建功立业修德成名。《驱车上东门》的诗人停笔于饮美酒被纨素，及时行乐。《去者日以疏》的诗人但愿亲戚子孙常相保。这都是从死亡焦虑回到"中道"生活。"中道"生活就是明知身处孤岛，也要在孤岛上做"暂时的抵御"，过热乎乎的生活。

富贵、荣名、美酒、亲戚子孙，本就是热乎乎生活的不同面向，并不可耻，也不浅薄。刚刚从对死亡的沉思中醒来的人，害怕终将降临的大虚无，恨不得抓住些什么。幸亏生活里还有这些美好得让人不忍放下的东西。看见死亡和虚无，能帮人抵抗疯癫狂热。但还得有热乎乎的生活帮人抵抗虚无。

当然，古代读者不会满意诗人们的"结论"。如果"荣名以为宝""不如饮美酒"真的是某种人生哲学的结论，那的确不能令人满意。可是，谁能把诗人的话当成生活的教条呢？那位写下"不如饮美酒"的诗人，未必是个"饮酒主义者"。他不会真的相信酒是生活的意义，酒能解决一切烦恼。他只是说，饮酒是比某些癫狂虚妄更值得珍惜的事情。

奢求不死，就是最大的癫狂虚妄。《驱车上东门》的诗人，至少凭借

对生活的见多识广，看穿了这癫狂虚妄。看得到"白杨何萧萧，松柏夹广路。下有陈死人，杳杳即长暮"，是他的见多识广。看得到"万岁更相送，圣贤莫能度"，也是他的见多识广。他的所见所闻，无非帮他确认"凡人必死"这个常识。似乎不足为奇。可是，并非人人都能谨守这一常识。有太多疯狂的头脑，想要成为神，或者直接把自己当成神。还有太多疯狂的种群，以集体之名称神、装神。正是这种疯狂，让人忘记常识，鄙视热乎乎的生活，践踏热乎乎的生活。

《驱车上东门》对死亡的想象、凝视，可能是《十九首》里最具体、最晦暗的。正因如此，这位作者也有特别坚实的幽默感。冷冷一句，他就把世间种种煞有介事的成神疯狂打发掉了："服食求神仙，多为药所误。"打发掉这不值一驳的虚妄，他才能恢复对热乎乎生活的尊敬。

我从《古诗十九首》这组"死亡教育"的诗里读到的，不是劝人热衷功名、沉迷饮酒的生活哲学。我读到的，是对死亡的健康直面，是对生活的健康眷恋，是对虚无、虚妄的热乎乎的克服。

热乎乎的生活，属于那些看得见死亡也看得见生活的人。看得见死亡，让他们免于"不死""成神"的虚妄；看得见生活，让他们免于向"虚无"缴械的虚无。于是，他们带着一点儿必死者的忧伤，建功立业侍亲爱子饮酒行乐。只要带着热乎乎的渴欲，做什么都可以，什么都值得认真去做。只要去生活，就是捍卫生活。

读这样的诗，我总想起蒙田。我想从那篇著名的《论经验》里抄几段话：

有些人要超脱自己，想以超人的面目出现，这是愚蠢之举。他们不会成为天使，只会变成畜生；他们非但不可能拔高自己，而只会降到极低点。正如不可登临的高峰令人生畏那样，我也害怕这种自我拔高的思想情绪……在我们的诸多学问中，我认为那些令我们升华得最高的学问是最平凡、也最世俗化的。亚历山大的一生中，他关于自己长生不死的妄想，我觉得完全是凡夫俗子的所为。菲洛塔斯在回函中用开玩笑的口吻讽刺亚历山大（阿蒙下达的神谕将亚历山大列为神明，菲洛塔斯致函表示替他高兴）："就您这方面来说，我是十分高兴的，不过，普通人就可怜了。他们要和一个超越常人、不满足于人之常规的人生活在一起而且还要服从他。"……雅典人为了庆贺庞培进入雅典城，刻下这么一道富有意义的题铭，它正好表达了我的思想：

你自认是人，

你才成神。

懂得堂堂正正地享受人生，这是至高甚至是至圣的完美品德。我们不懂得利用自身的生存条件却去追求别的什么条件，我们不知道自身的内部是怎么一回事，却要自我超脱。

我们踩在高跷上，那又有什么用呢？即使在高跷上，也还得运用双腿才能走啊！即便登上世界最高的宝座，那还得靠臀部去坐的。我以为，最完美的生活，就是符合一般常人范例的生活，井然有序，但不带奇迹，也不超越常规。（梁宗岱译文）

关于热乎乎的中道生活，没有比蒙田说得更好的了。

驅車上東門遙望郭北墓白楊何蕭
松柏夾廣路下有陳死人杳杳即長莫
潛寐黃泉下千載永不寤浩浩陰陽
移年命如朝露人生忽如寄壽無金
石固萬歲更相送賢聖莫能度服食
求神僊多為藥所誤不如飲美酒被
服紈與素

山谷道人云小字草作癲涼撩
東坡居士謂小字難於
寬綽而有餘
雲勒而不板於隔修
何其難也
庚子春月守記

〔诗可以兴〕

酒歌

描红。

兄弟
我们是蒲公英
被风吹到一处的蒲公英
那就装作有根的蒲公英
下一场风之前做兄弟
下一场风之后
装作记得根

兄弟
我们是兽
嗜血的兽孤独的兽
旷野里张皇的兽

一滴酒比不上一滴血

离不开血也离不开酒

靠血活着

靠酒做梦的兽

兄弟

我们是酒徒

酒徒是忘了血的人

酒徒也可能是忘了日子的人

别忘了日子是借来的

血是欠下的

兄弟也只属于一场风

兄弟

我走了

他还会来

雨停不下雪停不下

风停不下

酒何必停下

酒里的热的血何必停下

装作是根的手

何必松开

兄弟

我们终究是兄弟

眷恋兄弟

是人的意思

人的意思

是握不住的手

冷不了的血

还不清的日子

吃不饱的地粮

吹散了也不恨风的蒲公英

十四

去者日以疏

去者日以疏

去者日以疏，来者日已亲。1

出郭门直视，但见丘与坟。2

古墓犁为田，松柏摧为薪。3

白杨多悲风，萧萧愁杀人。4

思还故里闾，欲归道无因。5

〔诗脉〕

1.去者:死者。以:又作"已"。死者长已矣,不见容貌,故疏,父母亦然。生者但得欢爱终日,虽陌路亦可成亲朋。人之善忘,亦属常情。

2.出郭门直视,但见丘与坟:驱车上东门,遥望北郭墓。

3.古墓犁为田,松柏摧为薪:此句比《驱车上东门》更残酷。《驱车上东门》只写满目丘坟、松柏。此句则写丘坟、白杨松柏尽皆夷平,化为耕田、柴薪,只因死人之居所妨碍了活人的生活。这是一个无比残酷的象,重申"去者疏,来者亲"。

4.白杨多悲风,萧萧愁杀人:上句言松柏摧为薪。死者之墓地已成生者之耕田,唯白杨萧瑟,提醒世人记起死亡。汉代风俗,庶人无墓,树以白杨。白杨不宜为薪,故尚在。

5.思还故里闾:诗人不只见识了死亡,还见识了死亡的被遗忘。这是双重残酷,也是双重教育。于是想要回家。欲归道无因:终于发现,回家也是个奢侈的愿望。这可能是全诗最残酷的一句。

〔诗旨〕

张庚:王氏曰:此客异乡因见古墓而思里闾也。

姜任修:疾没也。

［外传］

《去者日以疏》《驱车上东门》《回车驾言迈》，都写人从死亡那里获得生活教育。

从死亡那里获得生活教育的人，需要经历两次醒来。

第一次，他得从不知死亡为何物的童稚状态中醒来。不知死亡为何物，也就是不知虚无为何物，不知生活被大虚无包围着、威胁着。正如儿童，把每天的游戏、父母的娇宠当成天长地久。这是生命的童稚状态。有人永远醒不来，有人忽然醒来了。

第二次，他得从对死亡和虚无的恐惧中醒来。看不见死亡的人，处于童稚状态。只看见死亡，被死亡和虚无吓坏了的人，处于另一种童稚状态。他意识到生活被虚无包围着、威胁着，立刻断定生活即虚无，毫无意义可言。这种"断定"，只是故作深刻而已。故作深刻，是另一种童稚状态。那个把每天的游戏、父母的娇宠当成天长地久的孩子忽然觉得自己长大了。在自以为长大了的第一天，他会讨厌自己的玩具，反感父母的爱抚，因为那些事情愚蠢无聊，毫无意义，妨碍他的"成年感"。当然，他还没有真的长大。他还没能力在"天长地久"和"毫无意义"之间找到温热的意义。猛然看见死亡和虚无、被虚无吓坏了的人，也得从这第二种童稚状态中醒来。那时，他会重新看见热乎乎的生活，回到热乎乎的生活。这是一种新的眼光。他不再无忧无虑，也不灰心绝望。他知道虚无威胁着生活，但也知道生活还是生活。正因被虚无威胁着，生活才值得眷恋,值得捍卫。

醒来两次的人,会一眼看出那些妄想成神之人的虚妄。不知死为何物的,只是孩子。而妄想成神的人,其实知道死。人会死,这是一个事实,也是人的本分和标记。偏偏有人想要逃避这个事实,想要僭越这个本分,想要在自己身上抹掉人的标记。有时,他们想让自己成神,有时,他们想让手中的权杖成神。这样的人,又傲慢,又傻。只要一点常识,就能看透他们。醒来两次的人,就是拥有常识的人。

万岁更相送,圣贤莫能度。服食求神仙,多为药所误。

《驱车上东门》的诗人,只用两句话,就戳穿了他们的傲慢和傻。

醒来两次的人,不再像孩子那样幼稚,也受不了傲慢和傻。于是,他们带着"有死者"的忧伤,重回生活。人们常常因为傲慢和傻而鄙视生活、诋毁生活、忘掉生活。那些想要成神的人,不承认一杯酒的乐趣,也不屑于回家。他们拼命钻营的成功,也跟健康之人的护惜"荣名"完全不同。他们要的,是俯视人、鄙视生活的快意。醒来两次的人才不理会这些。他们想要做事,爱惜荣名,守护亲人。有酒喝时,他们感谢酒。不能回家时,他们想家。

《去者日以疏》写什么呢?一个醒来两次的人想家了,却发现,回家很难。

想到家,想回家,是一件很难的事。不知死为何物的孩子,一心想着离家。他们把离开家当成最好玩儿的游戏。想要逃脱死,想在自己身上抹掉死的疯子,看不起家,把家当成绊脚石。《去者日以疏》的诗人,见识了死,还见识了人对死的刻薄寡恩——"古墓犁为田,松柏摧为

薪"——后终于想起了家。他是从死亡那里得到了生活教育的人。

可是,回家是比想家更难的事。《去者日以疏》的诗人想回家,想重回"亲戚共一处,子孙还相保"的热乎乎的生活,却发现回不去。或许,他身处的世界、他过往的经历,已经毁掉了热乎乎生活的可能性。"欲归道无因",这是全诗最残酷的一句,比见识死亡还要残酷。

人在历史中写诗,但写成的诗没有历史。《古诗十九首》常会让现代读者惊觉,自己就是诗里的那个人,正在经历着诗里的忧伤和残酷。

由工业逻辑、商业逻辑、资本逻辑催生起来的现代都市,正如抽水机一般把乡村抽空,把几乎所有人裹挟到"成功""梦想""自我""快感"的漩涡里。漩涡里的人自信、自恋,以为自己是不死的人,以为自己正在干一件不死的事。他们在自信、自恋里亢奋发烧的时候,不会想起家。当热病退却想起家时,他们发现早已无家可归。

诗没有历史。因为诗人看见的"欲归道无因"没有历史,或者说,贯穿了全部历史。

《史记·李斯列传》:

> 二世二年七月,具斯五刑,论腰斩咸阳市。斯出狱,与其中子俱执,顾谓其中子曰:"吾欲与若复牵黄犬俱出上蔡东门逐狡兔,岂可得乎!"遂父子相哭,而夷三族。

欲归道无因。李斯不是第一个人,也不是最后一个人。

想家,是一种智慧。回家,可能是一桩伟业。

前些天上课,带着小朋友读《晋书·王裒传》。那篇传记,讲了一个用生命捍卫可归之家的人。

王裒,字伟元,城阳营陵人也。祖修,有名魏世。父仪,高亮雅直,为文帝司马。东关之役,帝问于众曰:"近日之事,谁任其咎?"仪对曰:"责在元帅。"帝怒曰:"司马欲委罪于孤邪!"遂引出斩之。

王裒,字伟元,城阳营陵人(今山东昌乐东南)。祖父王修,魏之名士。父亲王仪,高风亮节且气度优雅正直,曾任司马昭的司马。东关之役,司马昭问众人:"战事不利,这个罪责应该由谁来承担?"王仪说:"这该是元帅的过错。"司马昭大怒说:"司马难道把罪过归在我的头上吗?!"就把他拖出去斩首了。

裒少立操尚,行己以礼,身长八尺四寸,容貌绝异,音声清亮,辞气雅正,博学多能,痛父非命,未尝西向而坐。示不臣朝廷也。于是隐居教授,三征七辟皆不就。庐于墓侧,旦夕常至墓所拜跪,攀柏悲号,涕泪着树,树为之枯。母性畏雷,母没,每雷,辄到墓曰:"裒在此。"

王裒的父亲惨死在西面的洛阳,他遂终生不西向而坐。他隐居教授为生,朝廷三征七辟,皆不应。他在坟墓旁边盖起草庐,早晚经常到坟墓那里跪拜,手扶着柏树悲伤哭泣,眼泪滴落在树上,树为之枯。他的母亲生性害怕打雷,母亲死后,每逢打雷,他就到母亲墓前说:"儿子在这儿。"

乡人管彦少有才而未知名，衰独以为必当自达，拔而友之，男女各始生，便共许为婚。彦后为西夷校尉，卒而葬于洛阳，衰后更嫁其女。彦弟馥问衰，衰曰："吾薄志毕愿山薮，昔嫁姐妹皆远，吉凶断绝，每以此自誓。今贤兄子葬父子洛阳。此则京邑之人也，由吾结好之本意哉！"馥曰："嫂，齐人也，当还临淄。"衰曰："安有葬父河南而随母还齐！用意如此，何婚之有！"

同乡有个叫管彦的人年少时就有才气但还没有出名，唯有王衰认定他必定出人头地，引以为友。两家各自刚生下男孩女孩的时候，互相许婚。管彦后来担任西夷校尉，死后安葬在洛阳。王衰就让女儿另嫁别家。管彦的弟弟管馥问他缘由，他说："我的志向浅薄，只是想守在山野，昔日姐妹出嫁得都很远，连她们吉凶的信息都断绝了，我每每用此事警示自己。现在你哥哥的儿子把父亲安葬在洛阳，想必是要当京城人了。若再谈婚论嫁，哪里还是当初两家结好百年的本意呢？"管馥说："我的嫂子是齐地的人，死后终究要回临淄的。"王衰说："哪有把父亲葬在河南而跟随母亲回齐地的道理。用意如此，还谈什么婚嫁。"

及洛京倾覆，寇资蜂起，亲族悉欲移渡江东，衰恋坟垄不去。贼大盛，方行，犹思慕不能进，遂为贼所害。

只为守住家，王衰死了。他知道，"去者日以疏""欲归道无因"的日子，不值得过。

道世曰　庚子夏畫于□□

人里遠別　里空中滿間

白柏多些風蕭蕭　秋氣

古羞室獨坐田松栢樣羽翠

出邓□真相但見□入谈

去吞□□谓□去者自□現

［诗可以兴］

锡安的歌

这些人都是存着信心死的，并没有得着所应许的；却从远处望见、且欢喜迎接；又承认自己在世上是客旅、是寄居的。说这样话的人是表明自己要找一个家乡。他们若想念所离开的家乡，还有可以回去的机会。他们却美慕一个更美的家乡，就是在天上的。——《新约·希伯来书》

我曾在巴比伦的河边坐下

一想起锡安就哭了

因为那些劫掠我的人

要我摘下挂在杨树上的琴

唱一支锡安的歌

我怎能在外邦唱歌呢

然而我唱了

从彼黍离离

唱到拆毁的圣殿

唱到磐石唱到根基

每一句都唱得欢乐

好像无可丧失的婴孩

直到他们厌烦,走开

心事重重,去别处取乐

我还唱,好像无可丧失的婴孩

我得让歌活着

十五

生年不满百

生年不满百

生年不满百，常怀千岁忧。

昼短苦夜长，何不秉烛游。

为乐当及时，何能待来兹。

愚者爱惜费，但为后世嗤。

仙人王子乔，难可与等期。

〔诗脉〕

1.生年不满百,常怀千岁忧:人的习惯是,操心无力操心的事(常怀千岁忧),却忽视甚至糟蹋他暂时拥有的生命(生年不满百)。一个"有死"之人,却疯狂地计划长生不死,或疯狂地构想千年帝国,这是人类特有的荒唐。

2.昼短苦夜长,何不秉烛游:一旦意识到人生苦短,人就想着耍些小聪明,从短促的份额里榨取双份的快乐。希罗多德的《历史》里写过一位埃及国王。神说他还有六年寿命。他便下令制造许多烛灯,每到夜里就把它们点起来,饮酒作乐。他昼夜不停地饮酒作乐;不管是沼泽地还是森林地带,只要是他听到有可以极尽欢乐的地方,他就漫游到那里去。他这样做的目的,是打算用把黑夜变成白天的办法,把他的六年变为十二年,从而证明神谕的虚妄。

3.为乐当及时,何能待来兹:来兹,来年。捍卫生活,就是捍卫现在。

4.愚者爱惜费,但为后世嗤:陶渊明《饮酒》二十首其三:"道丧向千载,人人惜其情。有酒不肯饮,但顾世间名。"人们不肯活在真实的现在,不肯在现在活出真实的生活,往往因为沉溺于某种关于生活的谎言里。这种沉溺,蠢,且可笑。

5.仙人王子乔,难可与等期:即《驱车上东门》里所谓"服食求神

仙，多为药所误"。诗人的话，在这句宽厚的讽喻上结束。翻译得稍稍不宽厚些，或许是：别傻了，我们都是人，而已。诗人用末句喝醒首句的荒唐。

〔诗旨〕

张庚：此教人及时为乐也。

姜任修：惩需也。需者，豕虱是也。世短忧长，一生咨啬，徒自苦耳。夜以继日，乐乃无虚焉。夫人生几何？即秉烛夜游，犹嫌其晚；而况不及时为乐，守钱虏尚复何待？岂能似仙之不老，亦空使千古姗笑为豕虱类耳。

［外传］

《生年不满百》和前面几首（《去者日以疏》《驱车上东门》及《回车驾言迈》）一样，都是关于重回生活的诗。其意旨尤其跟《驱车上东门》接近，都被归结为及时行乐。

在我的时代和我所受的教育里，"及时行乐"不是什么正确的人生态度，它意味着消极、怠惰、逃避、自私、享乐主义……教育灌输给我的政治正确，是奉献、牺牲、拼搏，为某种伟大事业舍弃一切。教育太成功。以至于，刚刚学会几个成语的时候，我就把"及时行乐"和"醉生梦死"等同起来；以至于过了很多年，我都觉得这个等同天经地义。

因此直到很晚，直到我早已厌烦奉献、牺牲、交托之类的谎话，直到我已经在"拼搏"的路上碰壁无数，偶尔也想喝酒看花秉烛夜游，我依然认定"及时行乐"是个坏词，依然欣赏不了那些关于"及时行乐"的诗。比如《生年不满百》《驱车上东门》，甚至比如陶渊明的诗。

教书生涯的头十年，遇到这类诗，我通常跳过不讲。因为我实在不知道，"及时行乐"能给我和学生什么教益。

直到读了蒙田，又从蒙田读回陶渊明，我才意识到，"及时行乐"也可能包含某种英雄气概。当诗人说及时行乐时，他可能是要捍卫某种真正的生活。真正的生活，常为谎言所歪曲。什么样的谎言足以歪曲生活呢？最有力量的谎言，通常怂恿人们成为神，甚至干脆宣布，一些人

已经成了神。此类谎言,诱导人们,或者强迫人们,把希望寄托于某种
编造出来的未来,或某种看似崇高实则扭曲的观念上面。仅能活一次
的人,以及他仅有一次的生活,反而成了那个未来、那个观念的祭品。
人类历史上经常发生此类故事:为了维系自己,谎言和它的执行者总
要毁掉人们的日子。有些人心甘情愿被毁掉,有些人被毁掉而不自知,
有些人终会从中醒来。那些醒来的人,带着追悔捍卫下的日子,不让
它们再被毁掉。于是,他们及时行乐。"及时",是抓住曾被未来抹掉的
现在;"行乐",是给遭受污名的现在正名。

《生年不满百》的诗人,《驱车上东门》的诗人,还有陶渊明,都是敢
于说出"及时行乐"的诗人。他们的诗里,的确有对那些歪曲生活的谎
言的洞察。"服食求神仙,多为药所误""愚者爱惜费,但为后世嗤""仙
人王子乔,难可与等期""万岁更相送,圣贤莫能度"……他们看穿的,
是不死的谎言。而不死的谎言,等于成神的谎言。

这样的句子,现代读者多半不感兴趣。认信科学的现代读者觉得,
服药求仙的愚蠢跟自己无关。真的无关么?人们摆脱了一种成神的谎
言,却可能陷进别的更精致的成为神的谎言。人们不再相信肉身不死,
却可能相信一个神一样的帝国、神一样的种族。人们不再为服食长生
药散尽家财,却会为某件"千年大计"自相残杀。在更为精致的谎言里,
人的日子、日子里那些属于人的乐趣,成了被诋毁、被诅咒、被剥夺的
东西。这样的生活,现代读者理应比古人更加见多识广,理应比古人
更懂得举一反三。

我读了蒙田,从蒙田读回陶渊明,又从陶渊明读回《古诗十九首》。
读到"仙人王子乔,难可与等期"和"万岁更相送,圣贤莫能度"之类的

句子,心里一震。这个时代,人们好像早就丢失了"圣贤莫能度"的智慧。人人都幻想着僭越某个边界,人人都以为自己马上就要成功了。"马上就要"的意思是:还差一天,或者还差一千年。两者差别其实不大。无论差一天还是差千年,人们都毫不犹豫地把"今天""现在"当成祭品。倒是陶渊明和《古诗十九首》里的诗人,早就看出此类愚狂的可笑。"不如饮美酒""何不秉烛游",他们劝人从愚狂里醒来,重新回到热乎乎的生活,向生活致敬,而不是拿生活献祭。

及时行乐真的仅仅意味着消极、怠惰、逃避、自私和享乐主义么?陶渊明和蒙田告诉我,拿生活献祭,才是真正的逃避。相反,重回热乎乎的生活不是件容易的事,就连认真喝一杯酒都不容易。有多少滥饮狂醉的人,根本不曾喝过一口酒,他们只想抹掉现在。《饮酒二十首·其三》:

> 道丧向千载,人人惜其情。
>
> 有酒不肯饮,但顾世间名。

"情"者,本真也,本性也。当陶渊明谈论酒的时候,他是在谈论不被谎言扭曲的本真的生活。

《杂诗十二首·其一》:

> 人生无根蒂,飘如陌上尘。
>
> 分散逐风转,此已非常身。
>
> 落地为兄弟,何必骨肉亲!

得欢当作乐,斗酒聚比邻。

盛年不重来,一日难再晨。

及时当勉励,岁月不待人。

"及时当勉励,岁月不待人"这句现代读者耳熟能详的励志格言,其实是在说饮酒、作乐。陶渊明所说的饮酒、作乐,其实是一种骨肉相守、朋友相聚的热乎乎的生活。他说,必须很努力很努力,人才能过上热乎乎的生活。

这就是及时行乐的英雄气概。

在课堂上给小朋友们讲诗,讲到《驱车上东门》《生年不满百》,我说不出什么话。我是在读过蒙田、陶渊明之后,才知道这样的诗好在哪里。所以,我总是劝小朋友们去读读蒙田、陶渊明。

有时,我干脆不讲诗,只给小朋友读陶渊明的《自祭文》。读着读着,总有几个小朋友忽然明白,什么叫及时行乐的英雄气概。

几年前,我在课上边读边跑题。从《古诗十九首》跑到陶渊明。小朋友把跑题的话记了下来,不妨原样抄在这里。陶渊明不是《古诗十九首》的注解,《古诗十九首》也不是陶渊明的先驱。我只是相信,他们能彼此照亮。

岁惟丁卯,律中无射。天寒夜长,风气萧索,鸿雁于征,草木黄落。陶子将辞逆旅之馆,永归于本宅。故人凄其相悲,同祖行于今夕。羞以嘉蔬,荐以清酌。候颜已冥,聆音愈漠。呜呼哀哉!

茫茫大块，悠悠高旻，是生万物，余得为人。自余为人，逢运之贫，箪瓢屡罄，缔绤冬陈。含欢谷汲，行歌负薪，翳翳柴门，事我宵晨，春秋代谢，有务中园，载耘载籽，乃育乃繁。欣以素牍，和以七弦。冬曝其日，夏濯其泉。勤靡余劳，心有常闲。乐天委分，以至百年。

惟此百年，夫人爱之，惧彼无成，愒日惜时。存为世珍，殁亦见思。嗟我独迈，曾是异兹。宠非己荣，涅岂吾缁？捽兀穷庐，酣饮赋诗。识运知命，畴能罔眷。余今斯化，可以无恨。寿涉百龄，身慕肥遁，从老得终，奚所复恋！

寒暑愈迈，亡既异存，外姻晨来，良友宵奔，葬之中野，以安其魂。窅窅我行，萧萧墓门，奢耻宋臣，俭笑王孙，廓兮已灭，慨焉已遐，不封不树，日月遂过。匪贵前誉，孰重后歌？人生实难，死如之何？呜呼哀哉！

今天，我们读陶渊明的《自祭文》。

岁惟丁卯，律中无射。天寒夜长，风气萧索，鸿雁于征，草木黄落。

丁卯年，通过换算，可以知道陶渊明写这篇文章是在哪一年。无射，就是九月。这是先把人死之前该有的萧瑟气氛描述一下。

陶子将辞逆旅之馆，永归于本宅。

陶子,陶渊明。什么叫作逆旅之馆?古人以天地为逆旅。逆旅就是半路会停靠的地方,是驿站、旅店。很多人说这是道家的思想,其实不是,这是古人的通见。对于现代人而言,人生可能只有一个真实,就是此岸。在古人的视野里边,此岸反而不那么真实。中国古典那些伟大的灵魂,未必像基督教信徒那样,相信一定有一个讲得清清楚楚的彼岸,陶渊明也没有这样认为。但是他至少认为此岸不那么真实,好像是有一个跟它相对的彼岸。至于彼岸是什么样子,陶渊明说,那不归他管,不能僭越地去描述它。他把这个不太真实的此岸,比喻成逆旅。人和人是有差别的:相信"一万年太久,只争朝夕"的是一种人,相信天地之逆旅的又是一种人,嘴上相信天地之逆旅,心里相信"一万年太久,只争朝夕"的又是一种人。如果你相信这个世界是绝对真实的,而且是唯一真实的,那么,第一,意味着所有的欲望都必须在这个世界上实现;第二,如果这个世界不是那么好,你要么把所有的恨发泄在这个世界,要么把你认为的所有的好在朝夕之间实现。于是就出现了两类人,一类是诅咒一切的仇恨家,一类是砸烂一切的革命家。现代世界,盛产这两类人。

> 故人凄其相悲,同祖行于今夕。羞以嘉蔬,荐以清酌。候颜已冥,聆音愈漠。呜呼哀哉!

祖行,是送别的意思。陶子将终,朋友们相悲来送。这个特别好玩,陶渊明想象自己快死了,朋友拿些酒肉来送他,在他旁边等着,看着他咽下最后一口气。陶子和朋友的关系就算了了,和逆旅的事就算了了。

  茫茫大块,悠悠高旻,是生万物,余得为人。

  这是中国古典智慧的通见:人的生命是上天赋予的。现在我们只认为生命是父母给的,说得再科学一点,我们的生命是从猿类进化来的,是从单细胞变化来的,或者是基因的载体。但是古人认为,生命是造物主给的。"是生万物,余得为人",他说生命是偶然的,凑巧得来的。造物主把牌洗乱,给每个受造物发一张。他得到的那张牌,凑巧是人。

  自余为人,逢运之贫,箪瓢屡罄,绤绤冬陈。含欢谷汲,行歌负薪。

  生而为人是一个偶然,另一个偶然是命运的好坏。陶子在逆旅中的遭遇,是"逢运之贫"。这个贫不是贫穷,而是所有的路都走不通。家里的锅碗瓢盆永远是空的,到了冬天也只能穿麻布的单衣。陶子首先在造物主那里摸到一张为人的牌;为人之后,住在宾馆,宾馆条件不怎么样。可是他在宾馆里的生活是"含欢谷汲,行歌负薪"。谷汲是到山下打水,负薪是到山上斫柴。谷汲和负薪都是人躲不开的劳苦,无论贫穷,还是富有,劳苦是躲不开的。这两句是把天人视野和生存视野糅合在一起。如果人只有"人为财死,鸟为食亡"的生存视野,那这一生很可怜。所以人需要一种灵性的追求,可是一旦有了灵性的追寻,你又会

很痛苦。你会觉得灵性和生存是分裂的,统一不起来。陶子的生活里有很多痛苦,可是他能把生存的沉重和灵性的愉悦糅合在一起。陶子必须操劳,必须谷汲,必须负薪;但没有沦陷于操劳,因为他还有一个把自己往上拔的灵性,那个灵性让他含欢,让他行歌。既操劳,又能在操劳之上,谷汲的时候能够含欢,负薪的时候能够行歌,这是了不起的生命状态。

> 翳翳柴门,事我宵晨,春秋代谢,有务中园,载耘载籽,乃育乃繁。

每天的生活很平淡,就是清晨早起几件事:柴米油盐酱醋茶。有句话最煽情,也最讨厌:"生活不仅有眼前的苟且,还有诗和远方。"如果你认为眼前只有苟且的话,无论走到多远,一定还是只有苟且。因为不管走多远,你能看到的,只是眼前。既然眼前是苟且,到哪里都是苟且。我们对生活往往持有这种极度浅薄的浪漫,老觉得生活在别处。陶子不一样。他过的就是"春秋代谢,有务中园"的眼前生活。一生就这样过来了,一生的内容就是劳作。生活就在眼前,可是陶渊明的眼前没有苟且。耕种这块土地,让这块土地繁荣,在这片土地生养众多,让家温暖起来,热闹起来。这是生活本来的样子。偶像剧从来不会演"载耘载籽,乃育乃繁",它永远结束于王子和公主过上了快乐的生活。至于快乐生活的真相,它不讲,一讲就不浪漫了。我们对生活的想象,通常也是偶像剧式的。我们爱着轻飘飘的爱情,却不爱沉甸甸的生活。陶渊明不是这样,他把生活的责任担了下来。他爱的就是那个沉甸甸的生活。

> 欣以素牍,和以七弦。

素牍是纸,在"乃育乃繁"的生活里写点东西,看点书。农闲的时候看看《山海经》,看完《山海图》写首诗,弹弹琴,喝喝酒。"泛览《周王传》,流观《山海》图。俯仰终宇宙,不乐复何如。"如果只有"载耘载籽,乃育乃繁",生活就沦陷了。干了一天活,操劳回来,拿出一把琴,跟那个苦的生活唱和一下,跟生活对歌。不是因为生活很好,才"欣以素牍,和以七弦"。正因为生活如此之苦,所以才要"欣以素牍,和以七弦"。

> 冬曝其日,夏濯其泉。

陶渊明隐居在九江,庐山脚下。江西的冬天难捱,又阴又潮又冷。在这样的冬天,他会乐享阳光。太阳一出来,他跑到院子里边,把衣服敞开,晒晒胸脯,晒晒后背。夏天酷热,他会乐享清凉的山泉。进山砍柴,遇到山泉,把脚伸进水里,泡一泡。冬天的太阳,夏天的泉水,这是逆旅给人的最好的馈赠。可是有多少人意识到这份馈赠,珍惜这份馈赠呢?

> 勤靡余劳,心有常闲。

靡是没有。陶子在这个世界上,操劳到了极致,没有多余的力气继续操劳了,这就是自由的代价。可是他为了自由,为了"不为五斗米折

腰"，自愿担下生活的苦。闲的本意是门开了一个缝。门如果没有缝，人就看不见天上的月亮。关上门，人就只剩操劳和算计，门一打开，哪怕只有一条缝，月光就进来了。心有常闲，是心里有条缝，可以看得到天，看得到月亮。狗和人的区别在于，狗是不懂符号的。你给狗指天，狗只会看你的手指，以为那是一根香肠。可是人会顺着你的手指，看到天，看到天上的月亮。狗只能看到手指，因为它只有生存视野，可是人有能力往上看。"勤靡余劳，心有常闲"是把"含欢谷汲，行歌负薪"重述了一下，说得更动人。这句话告诉你人该有的样子。什么是人该有的样子呢？哪怕累成一条狗，还能记得月亮，看见月亮。

乐天委分，以至百年。

孔子说"发愤忘食，乐以忘忧，不知老之将至"，这就是乐天。乐天不是乐观主义。乐观主义永远告诉你明天会更好。而所谓明天会更好，通常是寄希望于外界变得更好。乐天跟乐观主义不一样。乐天是说：不该我操心的事，我不去操心；我只乐享天地的馈赠；我唯一担心的，只是配不上那个馈赠。《马太福音》说："你们看那天上的飞鸟，也不种，也不收，也不积蓄在仓里，你们的天父尚且养活它。你们不比飞鸟贵重得多吗？"生活中该操劳的，便担下来。不该操心的，就不去透支焦虑。比如什么时候生，什么时候死，什么时候穷，什么时候达。乐天委分，就是把自己没有资格操心的事，交托给造物主。"以至百年"，一直到死。

唯此百年，夫人爱之，惧彼无成，愒日惜时。存为世珍，殁亦见思。嗟我独迈,曾是异兹。

唯此百年,人人爱之。爱生命,爱生活,爱逆旅,是人之常情。陶渊明说,我也一样。他不是那种自以为看透一切,因而对生活刻薄寡恩的人。但他知道,热爱生活,不等于贪求生存。如果只是贪求生存,人就会被囚禁在生存视野里,脱不开。愒日是渴求,贪求。人人都想再多活一点儿,哪怕多活一天。被囚禁在生存视野里的人,想要活着时候的功业,还想要死去之后的声名。永远为这些事情焦虑。陶渊明虽然热爱生活,却不太有这种想法。独迈,就是独行,他发现周遭的人都在愒日惜时,都在俱彼无成,只有自己不是这样。他在人群里,却觉得自己是在独行。他的忧患和别人的焦虑格格不入。

宠非己荣,涅岂吾缁?

"惧彼无成,愒日惜时"的人,最在乎的是宠和荣,可是对陶渊明而言,宠不是那么重要,荣也不是那么重要。孟子说:"赵孟之所贵,赵孟能贱之。"赵孟是当时的权臣,他给人封的官,赏的钱,他也能随时拿回去。宠和荣并不是不好,但是它们在陶子的视野里没有那么重要。四十多年前,不仅有样板戏,还有样板画。有位名叫钱松喦的老画家,红极一时。他用朱砂画《红岩》,全国巡展。报纸上称赞他用传统的笔墨表现革命精神。他还画过一幅《大禹庙》。大禹庙在整幅画的右下角,破破烂烂的。庙对面是一座高山,高山上有许多大吊车,要盖一座大房子。画的寓意是,旧日的圣贤都要被新的时代碾压、淘汰,新的世界是要进行

轰轰烈烈的革命建设。那段时间，钱老先生特别风光，是样板画的带头人。在最红的时候，他又画了一幅画，用最黑的焦墨，画一棵松树，歌颂伟大的劳动人民。画完之后展览，他以为还会像以前的画那样轰动。可是风向突然变了，革命小将们攻击他，说他用黑色画劳动人民，是给劳动人民抹黑。老人一下子被打倒，所有的荣光都被剥夺。老人晚年很惨，每天挤公交车去画院上班，扫厕所。这就叫作"宠非己荣"。什么叫作"涅岂吾缁"？偶然得来的荣光，我不以为荣，偶然遭受的污名，也不当成大事。世界本来就是这个样子，有荣有辱，有种种侥幸、种种不公。陶子从来没有渴望过在一个完美的世界里生活，因此他不会让偶然的侥幸和不公搅扰生命里最重要的东西。外部世界的逻辑就是如此：它永远要用"宠""辱"之类的工具宰制人、规训人，它要把所有人格式化成同一个样子。陶渊明有抵抗格式化的心灵力量。

　　　　　　捽兀穷庐，酣饮赋诗。

　　捽兀就是挺直了腰，傲岸的样子。穷庐就是逆旅。陶子说，他在自己的屋子里边傲岸地站着。外边的人都是把宠荣和污点当作评判人的标准。当陶子"捽兀穷庐"的时候，他的标准不是外部的宠辱，而是人与天地的关系，正因为如此，他才"酣饮赋诗"。这不是说大话，他的生活本来就是这个样子。他的诗里写了好多特别苦的事。好不容易盖一房子，到秋天的时候，一把大火就烧尽了。生的儿子也不怎么有出息，甚至有点儿蠢。"阿舒已二八，懒惰故无匹"，"雍端年十三，不识六与七"，"通子垂九龄，但觅梨与栗"。地里的收成也不行，常要找人借贷。他有一首诗，写早上起来要饭的心态："饥来驱我去，不知竟何之。行行至斯里，叩门拙言辞。"早上又得要饭了，出门之后犹豫不决，不知朝哪边走。他得想一想，今天该去哪一家要，不能重复。生活对他而言，真的是很苦。"不为五斗米折腰"的代价真的很沉重。可是该受的苦受过了之后他要干嘛呢，要"捽兀穷庐，酣饮赋诗"。这是一个既潇洒又庄严的象。

> 识运知命，畴能罔眷。

"识运知命"就是"乐天委分"。知道人和命运的关系，因而能够不亵渎生命，也不贪恋生命。该过的过好了，所以不恋栈，该走随时都可以走。旅行不就是这样么。想看的东西看见了，该办的事办完了，行囊收拾好了，想走随时可以走。这个时候，你不会再留恋宾馆。当然，对这个世界不恋栈，不代表不带着温情喜欢这个世界。所以他又说"畴能罔眷"。这个世界，谁能毫不眷恋呢。但这种眷恋，跟常人的贪婪完全不同。他不是要死死抓住生命不放，他是在快要退场时感谢这场仅有一次的生活。

> 余今斯化，可以无恨。

陶渊明用两个字来形容死，一个是归，一个是化。归是回家，化是流转，无论归，还是化，都不是终结的意思。唯物主义者才把死当成最

后的终结。什么是化？这一站完了，他得上车前往下一站，至于下一站在哪里，他不知道，他不操心。他只知道，在生命的这一站，该做的都做了，没有遗憾了。

　　寿涉百龄，身慕肥遁，从老得终，奚所复恋！

　　肥遁是隐遁之意。这一生尽管没有什么遗憾，但还是有至死歆羡的事情。言外之义是说，此生本来还可以活得更好一点，更像样一点。但不管怎么说，已经"从老得终"，已经够好的了，还有什么东西非得抓住不放呢？

　　寒暑愈迈，亡既异存，外姻晨来，良友宵奔，葬之中野，以安其魂。窅窅我行，萧萧墓门，奢耻宋臣，俭笑王孙，廓兮已灭，慨焉已遐，不封不树，日月遂过。匪贵前誉，孰重后歌？

　　这里又回到了葬礼的场景，开篇是朋友在等着他死，现在是要给他下葬了。他在想象中看到了自己的坟墓，所以顺便解释一下自己的丧葬观。"宋臣"是孔子时代的人。宋国有个大司马，叫作司马桓魋，活着的时候就给自己修了一座墓，修了三年，墓没成，修墓者皆病。"王孙"是西汉人。《汉书》里边有一篇《杨王孙传》。杨王孙说自己死后不要穿衣服，拿布袋一装，挖个坑，放进去，再把布袋子拖出来，填上土。他儿子好为难，不照做是违背父命，照做是不孝，就请朋友劝说父亲，让杨王孙不要死得那么简陋。杨王孙说，鬼者归也，金缕玉衣只不过是挡住我回家的路。回家最好的办法,就是以身亲土。"宋臣""王孙",这是两个极端。陶渊明不走极端,所以"奢耻宋臣,俭笑王孙"。从俗就好了,既然这个世界是逆旅,既然死不是什么了不得的大事,那么何必折腾,从俗就好。

"不封不树",不在墓上大动土木,就像秦始皇陵,又封又树。"日月遂过",坟墓之外,逆旅里的生活照常进行。

陶渊明说,又封又树的目的,不就是想在逢年过节的时候,让他们祭奠我,想起我,在墓前哭上一哭么?但这没有意义。好像我还是要跟这个世界纠缠不清一样。生前之誉我不怎么在乎,死之后,我又何必在乎你们怎么讴歌我。

人生实难,死如之何? 呜呼哀哉!

他的人生是"含欢谷汲,行歌负薪""勤靡余劳,心有常闲""载耘载籽,乃育乃繁"。人生真是难呀,既艰难又丰盈。这个"实"字很动人。人生的滋味,他切切实实地体会到了,真真正正地尝过了。"死如之何",尝过生的滋味,他又好奇了,好奇死了之后是个什么样子。这种好奇,就是《纳尼亚传奇》里边说的,"学期结束,假期开始"。路易斯说,人生就是课业繁忙的学期。为什么要忍受如此之痛苦的学期呢?还不是因为学期越痛苦,假期越开心么?尝过了学期的辛苦的孩子,会渴望假期,提前盼望假期的快乐。这就是"人生实难,死如之何"。陶渊明说:天生万物,余得为人,该担的重担我担了,该尝的滋味我尝了。担过了,尝过了,就到下一站去,假期会是什么样子呢?你可以说,

这是达观。这是一种惊心动魄的达观。

　　如果非要概括陶渊明的人生哲学，我想，就是"及时行乐"。"含欢谷汲，行歌负薪""勤靡余劳，心有常闲""揔兀穷庐，酣饮赋诗"，就是他的及时行乐。甚至在临终之际问一声"人生实难，死如之何"，也是他的及时行乐。他的及时行乐里，有一种英雄气概。理解了这种英雄气概，你就能理解中国文学里的一个悠久而伟大的传统。《古诗十九首》里的很多诗，杜甫、白居易、苏轼的很多诗，都属于这个传统。

生年不满百　常怀千岁忧　昼短苦夜长　何不秉烛游　为乐当及时　何能待来兹　愚者爱惜费　但为后世嗤　仙人王子乔　难可与等期

［诗可以兴］

齐克果自传

　　索伦·克尔凯郭尔（Soren Aabye Kierkegaard，1813—1855，又译齐克果），就是那个教导我带着背上的芒刺生活的人。他的另一个教诲是，生活远远大于理论、体系。生活，是每个人仅有一次的天路历程。体系，只能诱惑那些不敢生活的人。

　　　　　我的书房没有花

　　　　　日记里也没有

　　　　　这是今晚的惊人发现

　　　　　花在我的黑格尔时代就死了

　　　　　不知何时再活

　　　　　当初，我是黑格尔派的大傻瓜

　　　　　在他的体系里晒太阳

　　　　　体系是什么东西呢

　　　　　造它的人住在小茅屋

自以为造了宫殿

造出来的其实是一辆车

公共马车

通常用来拉平民

或者拉尸体

下一站是工厂

再下站,是革命

后来我出门

到有太阳的街上

找宗教

那些宗教啊

也好不到哪儿去

那些市场上大声嚷嚷的宗教

恨不得拆掉所有门的宗教

越是努力生活的人

越不愿意嚷嚷

所以街上有两种人

生活的人,嚷嚷的人

对不起,他们那是演讲不是生活

演讲的人用术语赎买生活

我听过那位牧师周日的演讲

我看过他周一的生活

再后来我便抑郁

我的抑郁让我远离家园

忘了是在飘荡的第几个年头

我把不幸当成天职

从此努力不幸

以便帮助有能力幸福的人

我的不幸

是我的肉中刺

总得有人当祭品

当祭品

是一桩孤独的手艺

需要时间

和命

东方哲学家

让弟子沉默三年

所以我得忍耐

日落的时候守斋

工作，等待

不懊恼，不哀歌

不计算沼泽的深度

不想路尽头的事

不做罗得的妻

总有一次天亮

看见太阳底下的

全部荣耀

十六

凛凛岁云暮

凛凛岁云暮

凛凛岁云暮，蝼蛄夕鸣悲。1

凉风率已厉，游子寒无衣。2

锦衾遗洛浦，同袍与我违。3

独宿累长夜，梦想见容辉。4

良人惟古欢，枉驾惠前绥。5

愿得常巧笑，携手同车归。6

既来不须臾，又不处重闱。7

亮无晨风翼，焉能凌风飞。8

眄睐以适意，引领遥相睎。9

徒倚怀感伤，垂涕沾双扉。10

[诗脉]

1.蟋蟀:郝懿行《尔雅义疏》:"今顺天人呼拉拉古,亦蟋蟀之声相转耳。蟋蟀翅短,不能远飞,黄色四足,头如狗头,俗呼土狗,即杜狗也。尤喜夜鸣,声如蚯蚓,喜就灯光。"夕悲鸣:一本作"多悲鸣"。

2.凉风率已厉:率,皆。厉,猛。《礼记·月令》:"孟秋之月,凉风至,白露降,寒蝉鸣。"游子寒无衣:思妇念游子寒而无衣。

3.锦衾遗洛浦:洛浦,洛水之滨,宓妃之所居。同袍与我违:《诗·秦风·无衣》:"岂曰无衣,与子同袍。"夫妻有患难同袍之情。二句,思妇念游子之无衣。三句,思妇揣想游子之寡情:荣华之锦衾赠予美人,患难之同袍抛诸身后。

4.累长夜:累,增。犹言一个又一个长夜。梦想见容辉:游子不归,只有梦中相见。

5.良人惟古欢:此句起,记梦。良人,妇人称夫曰良人。惟,思。古欢,旧好。思妇自忖:良人思念旧好,故而远道入梦。亦可反向揣想:良人远道如梦,说明尚不忘旧好。枉驾惠前绥:枉驾,犹言屈尊。梦中,良人屈尊驾车来迎思妇。惠:授。前绥:绳索,古人挽之以登车。良人驾车而来,授思妇以前绥,邀其登车。《诗·邶风·北风》:"惠而好我,携手同车。"此思妇梦中之迷离温存。

6.顾得常巧笑,携手同车归:顾,视。常巧笑:《诗·卫风·硕人》:

"巧笑倩兮，美目盼兮。"梦中夫妇欢会之景。"同车归"，照应前句"惠前绥"。四、五、六三句，言梦中之欢然。此下，欢然转为怅然。

7.既来不须臾：良人入梦，却停留未及须臾。"须臾"言时间短促，未及须臾，促而又促。不须臾，是思妇的心理时间。相聚多久，皆是不及须臾。有学者将"须臾"解作"逍遥"，不从。又不处重闱：重闱，闱门。前述梦境，只在车边，不及闱门。闱门乃安稳之象，车乃动荡之象。可见良人之来，既匆促且不安。

8.亮无晨风翼：亮，信。晨风：鹯。焉能凌风飞：我既无鹯翼，怎能凌风奋飞，追良人而去？

9.眄睐以适意：眄睐，顾盼。适意，宽心。良人之车愈行愈远，我既无晨翼奋飞追随，唯有顾盼以自安。引领遥相睎：引领，伸颈。"睎"，望。良人之车已在目力之外，顾盼而不见，唯剩引领遥望。李善注《文选》无此句。胡克家疑其为后人所添。然细味句意，此句与全诗境界颇为契合。

10.徙倚怀感伤，垂涕沾双扉：徙倚，徘徊。良人之车已无踪影，仍徘徊门前不忍离去，尚冀望良人之车复归。

[诗旨]

张庚：此诗大抵客游无赖而思故人拯之。

姜任修：恶媒绝路阻，不得已而讬梦通精诚也。

[外传]

33岁这一年,洛阳的酒肆之中,杜甫遇见了李白。此前的两三年,他一直处理家务,奔走于故居和东都之间。面对的,尽是俗人;应对的,则是生存焦虑。猛然遇见李白,他似乎看到了另外的生活和世界。当时的李白,刚刚被玄宗赐金放还,正满怀热情地求道访药。这也一下子引起了杜甫的兴趣。两个人在洛阳分别前,相约同游梁宋。很快,他们就再次相逢,漫游梁宋。这次与他们同游的,还有高适:

> 忆与高李辈,论交入酒垆。
>
> 两公壮藻思,得我色敷腴。
>
> 气酣登吹台,怀古视平芜。(《遣怀》)

> 昔者与高李,晚登单父台。
>
> 寒芜际碣石,万里风云来。
>
> 桑柘叶如雨,飞藿去徘徊。
>
> 清霜大泽冻,禽兽有余哀。(《昔游》)

当然要登高、怀古、饮酒、作诗。除此之外,还有一个主题,是求仙访道。这是李白杜甫的共同兴趣。他们在秋天同游梁宋。冬天,李白跑

到齐州、德州，接受道箓，正式入道。第二年夏、秋，杜甫重游年轻时到过的齐赵各地，又和正式成为道士的李白相遇。他们"醉眠秋共被，携手日同行"，到处寻访奇人异士。他们听说王屋山有一位华盖君，便一同北上渡黄河，前去拜访。到了华盖君的洞府才知道，仙人已逝。还有一次，他们去鲁郡城北拜访一位姓范的隐士，中途迷路，误入苍耳丛，沾了满身苍耳。到了范家，大家相视而笑，喝酒，谈笑，赋诗，抖落身上的苍耳。

天宝四载，李白45岁，杜甫34岁。这一年的秋天，杜甫动身前往长安。李白送行，二人在鲁郡东石门作别。他们此后再未见面。李白继续他的探访和游历。杜甫则去都城求官，困守长安十年。到了天宝十四载，杜甫终于谋得一个职位，安史之乱就跟着爆发了。杜甫举家逃难，直至成都。然后漂泊江湘，客死舟中。李白则卷入永王李璘的叛乱，遭受流放，客死当涂。与杜甫分别之后，李白写过一首思念的诗。而杜甫，则不断想起李白。在长安，在逃难途中，在成都，杜甫不断用诗为李白画像。

杜甫为李白画的最著名的肖像，可能是《饮中八仙歌》里的四句：

李白一斗诗百篇，长安市上酒家眠。
天子呼来不上船，自称臣是酒中仙。

这四句，可能也是李白最著名的文字肖像。所以著名，因为它满足了人们对李白的所有想象。杜甫写出了四句话，人们立刻相信，这就是李白该有的样子。换句话说，汉语里头，最像李白的文字肖像，出自杜甫之手。注释家们大多认为,这首诗写于困守长安那段日子。那段日子,杜甫过着"朝扣富儿门,暮随肥马尘。残杯与冷炙,到处潜悲辛"的日子。他要求官,要为臣,要养家,要过有根的生活。可是,有根生活的另一种表述,是充满羁绊的生活。长安城里的杜甫,多次表示,想要摆脱羁绊,想要"白鸥没浩荡,万里谁能驯"。当然,他没有这样做,如果做了,也就不是杜甫了。可是,恰恰是在这样的生活里,他成了最能欣赏脱根之美的人。他是见过活生生的李白的人。他曾经在跟李白的共同生活中产生失根之感。可他也是最能欣赏李白那种脱根之美的人。他用文字为李白画了一幅传奇画像,这几乎成了汉语世界李白的标准像。很多时候,不是真实的李白,而是这幅出自杜甫的画像,为历代汉语心灵提供了一种精神力量。那是一种在庸俗之中惊觉庸俗,因而自拔的力量。杜甫,这个渴望扎根的人,把李白那种截然相反的美说了出来。

比"斗酒诗百篇"更动人的李白画像,要数那首《梦李白》(其二)。注释家们认为,这两首诗作于杜甫流寓秦州的时候。当时安史乱起,京洛扰攘,关中大旱。底层官僚杜甫,无法履行职责,也无法维系生活,只得弃官,举家迁往秦州。秦州,就是今天的甘肃天水。在秦州,他写了很多深沉的杰作,《梦李白》就是其中之一。

浮云终日行,游子久不至。

三夜频梦君,情亲见君意。

告归常局促,苦道来不易。

江湖多风波,舟楫恐失坠。

出门搔白首，若负平生志。

冠盖满京华，斯人独憔悴。

孰云网恢恢，将老身反累。

千秋万岁名，寂寞身后事。

　　整首诗当然是写此生再未相见的两人在梦中的相见。"浮云终日行，游子久不至"，第一句是从《古诗十九首》里脱化来的。"三夜频梦君，情亲见君意"：我梦见你，不只因为我想念你，还因为你想念我。梦里的相见，也是真的相见，梦里的探访，也是真的探访。因此梦里重逢的片刻欢愉，是无比真实的片刻欢愉。这是唯有诗人才有能力享受的真实欢愉。接下来三行，最平淡无奇，也最惊心动魄。李白就是一个平常的老人：远道探望故友，却又坐立不安，急着告辞。最震撼人心的，是那个出门的背影："出门搔白首，若负平生志。"前一句，是无比恓惶的定格；后一句，是无比晦暗的心事。有注释家说，"负"者，抱负也；另一些注释家则说，"负"者，辜负也。实则二者未必不能相通。不曾有所抱负的人，谈不到有所辜负；毫不自觉有所辜负的人，其抱负必无足观。无论平生抱负、平生辜负，都定格在出门搔白首之中。最后三行，只是极其节制地说了几句世道的不公。这不是什么疾言厉色地声讨、控诉，只是淡淡地陈述。你可以把这几句想象成歌剧舞台上的低沉弥漫的背景音，只为衬出"出门搔白首"那个背影。这个弥漫舞台的背景音，不仅对李白有效，也对杜甫有效，它就是无可奈何的、令人沮丧的命运。这首诗先写分离，再写思念，再写重逢，再写分手，最后淡淡地写几句命运。它的高潮之处，无非是一次再平凡不过的会面：一个老人对另一个老人说，我来看看你，我这就走。

"出门搔白首，若负平生志"，这句话不只是李白的肖像，也是杜甫的肖像。梦里的两个老人，一个苦苦思念，另一个杳无消息。被思念的一个，终于匆匆来了，却又匆匆离去。离去的人留下一个落寞的背影。而连梦中都在盼望等候的人所能做的，只是望着那个落寞的背影。

关心李杜故事的人，都会在他们的友谊里发现某种"不对称"。比如，杜甫写给李白的诗很多，李白写给杜甫的诗就没那么多。再如，杜甫在诗里对李白的评价很高，李白对杜甫就没有太热情的赞颂。其实，除去此类量化比较，李杜友谊的"不对称"还体现在更深的层面：李白是杜甫诗歌的重要题材，对李白而言，杜甫却不是重要题材。所谓"重要题材"是说，以李白为题，杜甫写出了好几首第一流的作品；李白是杜甫诗情、诗意的重要源泉；他写李白，不只为了纪念友谊，他还从李白身上领会生活和命运。《饮中八仙歌》《梦李白》就是最好的例证。在这样的诗里，杜甫写李白的生活和命运，可里面的每一个字，又都是他自己。"天子呼来不上船"，是杜甫渴望成为却永难成为的样子。"冠盖满京华，斯人独憔悴"，既是命运湍流中的李白，也是命运湍流中的杜甫。可惜，我们在李白写给杜甫的诗里看不到这些。当杜甫看着李白感慨万端时，李白早已兴高采烈地望向别处。

人们常常从"不对称"联想到"不平等"。可是，友情偏偏是和"平等"这个词无关的事情。那些想要在友情当中寻找平等的人，可能既找不到平等，又把友情解构得支离破碎。其实，任何一种属灵情感都不可以用数量上的平等去衡量。

我的意思是：一、"不对称"并不意味着"不平等"；二、"不对称"可

能恰恰是属灵情感的某种标记。无论友情,还是爱情,总有人需要被爱,也总有人需要爱。爱和被爱,不对称。但施爱者并不比被爱者更卑微。人似乎总是渴望被爱。可在某些情境里,人渴望施爱,必须施爱。唯有把爱赠予出去,他才能认识他自己,成为他自己。赠予,不仅意味着慷慨和奉献,还意味着渴求。赠予者,渴求赠予。赠予,是他灵魂的生机。

杜甫必须把浓烈的情感投赠给李白。藉着这个投赠,他看见李白的命运,也背负起自己的命运。所以,故事的重点,不在于杜甫是否从李白那里得到了对称的回报。重点是:如果不再有力气欣赏李白、想念李白,杜甫很可能就不再是杜甫。对他而言,想念李白,是一桩重要的属灵操练。这件事,甚至和李白关系不大。

忘了什么时候,我意识到《凛凛岁云暮》和《梦李白》很像。它们都写某种"不对称"的感情。杜甫的梦里,李白匆匆地来,又匆匆地去。来而又去的人,总是显得更自由。因为他是免于等待的一方。他制造希望,也制造失望。他把希望和失望强加给对方,自己却似乎置身希望、失望之外。他的杳无音讯、忽然出现、忽然离开,都是另一个人的心灵困境。《凛凛岁云暮》的诗人,也正身处这样的心灵困境之中。

"凛凛岁云暮,蟋蟀夕鸣悲。凉风率已厉,游子寒无衣。"一年将尽,她(姑且是她吧)仍在想着归期无期的良人。寒衣,是游子和家之间仅剩的一丝牵连。可就算这点牵连,好像也断了。她为他缝好了寒衣,却不知寄往何处。

"锦衾遗洛浦,同袍与我违。"她不是不谙世事的少女,不会沉浸在海枯石烂的幻觉中。她知道,他未必缺少寒衣。他可能正在把比寒衣华美温暖百倍的锦衾留在某个地方,赠给某个人。哪怕凛凛岁云暮,他也可能很温暖,他只是不需要来自她的温暖。

"独宿累长夜,梦想见容辉。"关于他,她几乎什么都不知道。在什么都不知道中等着他,她可以生出无数揣测、遐想。没法不揣测,没法不遐想。因为除了这些,她什么都做不了。在这些揣测、遐想中,她快要陷进哀怨、愤恨不能自拔。可是,某个晚上,她知道自己除了哀怨、愤恨,还有爱。因为,她还有力量梦见他。

"良人惟古欢,枉驾惠前绥。愿得常巧笑,携手同车归。"梦里,她听见他的车声,看见他的身影。他对她说了好多话。这些话,她不知盼望了多久。每一句,都能让她奋不顾身。

"既来不须臾,又不处重闱。亮无晨风翼,焉能凌风飞。"可即便是梦,也不能完满。她以为他为她归来,他却连片刻都不愿停留。前一刻,他越来越近,转瞬间,他飘忽远去,就要消失。

"眄睐以适意,引领遥相睎。"她仍然是被留下来的那个,仍然是无论希望、失望只能承受的那个,仍然是在失望的下个瞬间继续盼望的那个。"适意",是适己之意。此刻,她顾不上哀怨、愤恨,她只想看见他,哪怕只是背影,哪怕只再多看见片刻。她需要这个盼望。

"徙倚怀感伤,垂涕沾双扉。"直到什么都看不见,她还是看。她在门前徙徊,流泪,眺望。她重又成了伤心的人。但她必须在盼望中流泪,在盼望中疗伤。

这是她的一个梦,直至在门前徙倚垂涕,都是她的梦。

这个梦之前,她快要沉溺于揣测、遐想、哀怨、愤恨。在梦里,她顾不上这些,她只是奋不顾身地迎接、不可停息地盼望。

读者有足够的自由,对同一首诗做全然相反的解读。比如这首《凛凛岁云暮》,热爱社会分析的读者,可能会从中读出一个卑微的女子、一种极度不公的男女关系。他可以举出无数个事例,证明这种不公确实存在。如果是这样,他肯定会觉得我荒唐可笑。因为我觉得,这个"卑微"女子的梦跟杜甫的梦很像。

我尊重那些有能力从任何情感关系里发现"卑微""不公"的读者。他们是敏锐的社会关系分析师。但我不相信"卑微""不公"之类的字眼可以帮我理解人的情感,尤其是属灵情感。相反,当我陶醉于帮助一个"卑微"女子控诉社会"不公"时,我可能漏掉了诗里最重要的东西:一个人的心灵状况。

《凛凛岁云暮》里的"她",险些成为社会分析家。当她说出"锦衾遗洛浦,同袍与我违"时,很可能走上"男女平权"之路,通过控诉社会不公,来解释自己的处境,宣泄自己的苦闷。这没什么不好。甚至,这样的控诉、宣泄里,也有某种高尚的情感成分,但这属于另外一种文学。《古诗十九首》不属于这种文学。

《凛凛岁云暮》里,一个梦,把"她"从控诉癖、宣泄癖中救了出来。这个梦里,"她"盼望的人来了又去。但这不重要。重要的是,"她"重又回到爱的状态。这个状态的标记是:在盼望中流泪。这个世界上有太多人,凭借对控诉、宣泄的癖好,在自己身上抹掉了这个标记。

热爱社会分析的读者一定不会同意我的说法。因为他们不会相信这个标记。他们热衷于同情各种受苦的女子,但他们绝不愿意相信,一个受苦的女子可能比他们更会爱。在他们看来,"在盼望中流泪"只不过是弱者的自怨自艾。按照他们的标准,《古诗十九首》的每一首,都来自弱者,只配得到同情的弱者。

我从《凛凛岁云暮》里读到的,偏偏是灵魂的健旺。唯有健旺的灵魂才会发现,自己不能只靠哀怨、愤恨活着。只要活着,就需要爱,需要盼望。比起在愤恨中流泪,"她"更渴望在爱和盼望中流泪。哪怕凛凛岁云暮,哪怕荡子行不归,"她"仍然有力气去爱和盼望。

"她"的梦,证明了"她"的力气。在梦里,"她"不是控诉者、宣泄者,而是等待的人、迎接的人、失望之后继续盼望的人、盼望着下一次迎接的人。《马太福音》,耶稣告诉弟子:当原谅得罪你的兄弟七十个七次。耶稣关心的,不是兄弟值不值得原谅,这是社会学家、法学家、政治学家、经济学家争论不休的事儿。耶稣关心的,是弟子有没有原谅的力气。有力气的人,才会一次又一次地原谅,一次又一次地盼望兄弟回来。我从《凛凛岁云暮》里读到的,是相似的力气。

《凛凛岁云暮》和《梦李白》的相似之处,正是那种力气。杜甫和李白的思念"不对称","她"对"他"的盼望"不对称"。诗的力量,就来自这种"不对称"。杜甫不打算用思念换取什么,他只是渴望思念。"她"在梦里盼望着"他"。即便是梦,也没能满足"她"的盼望。梦的真正价值,不在于满足什么盼望,而在于证明一个人还有力气盼望。

　　整部《论语》,最让人感伤的话,大概是孔子那句"甚矣,吾衰也,久矣,吾不复梦见周公"。发愤忘食乐以忘忧不知老之将至的夫子,知其不可而为之的夫子,颠沛流离绝粮陈蔡仍在树下弦歌的夫子,忽然发现,自己没力气做一个关于思念和盼望的梦了。

凜凜歲雲暮　螻蛄夕鳴悲　涼風率
已厲　遊子寒無衣　錦衾遺洛浦
同袍與我違　獨宿累長夜　夢想
見容輝　良人惟古歡　枉駕惠前綏
願得常巧笑攜手同車歸　既來不須臾　又
不處重闈　亮無晨風翼　焉能淩風
飛眄睞以適意　引領遙相睎　徙倚懷
感傷垂涕沾雙扉　庚子李華

〔诗可以兴〕

樱桃园

契诃夫那出戏剧《樱桃园》，最后的台词，属于老农奴费尔斯。那才是让人心碎的一幕。所有的人都奔向新生活，只有一个老人，守着不能复活的园子，和一个注定破碎的旧梦。

那时铜茶炉咕嘟咕嘟响

猫头鹰叫时人们才想心事

大家都干活谁能不干活呢

老爷心疼他的马认识他的庄稼

他是礼拜日后第四天走的

在绞刑架前体体面面

太太也体体面面，看着

向法官鞠了躬，谢了刽子手

然后寻欢作乐，卖林子

女人就得这样，不哭不扯头发

就是好样的

要是哪天我死了,我总得死的

就像老爷就像太太

就像新来的助祭常说的那个人

面包是他的肉啊酒是他的血啊

这都太深奥

我只知道林子不只是林子死不只是死

要是死只是死的话谁还要体面呢

最好的衣服留到节日穿

最好里面最好的那件,留到死时穿

死是最大的节日老爷这么教我的

所以我得守着这片林子

替它向法官和刽子手鞠躬

这是它的体面也是我的

只要茶炉还响着我就不能忘掉

那些姑娘们的脸和味道和名字

不然的话,猫头鹰叫时

我就没有心事可想了

（十七）

孟冬、寒气至

《孟冬寒气至》里的诗人，想要守住一个好消息。

孟冬寒气至

孟冬寒气至，北风何惨栗。

愁多知夜长，仰观众星列。

三五明月满，四五蟾兔缺。

客从远方来，遗我一书札。

上言长相思，下言久离别。

置书怀袖中，三岁字不灭。

一心抱区区，惧君不识察。

1 2 3 4 5 6 7

［诗脉］

1.惨栗：极寒。

2.愁多知夜长：陶渊明《杂诗》其二："气变悟时易，不眠知夕永。"仰观众星列：此即《明月皎夜光》"玉衡指孟冬，众星何历历"之意。

3.三五明月满：三五，十五日。四五蟾兔缺：四五，二十日。蟾兔，月。一、二、三句，言离群索居长夜不寐。

4.客从远方来，遗我一书札：客非今夜来，书札亦非今夜来。今夜无眠，想起故人曾经来过，想起书札尚在怀袖。此句，诗人在孤寂中追思过往。

5.上言长相思，下言久别离：上，书札之开头；下，书札之结尾。故人之书札，一字一句，诗人皆熟记不忘。

6.置书怀袖中，三岁字不灭：何以熟记不忘？因为三岁之中，书札不离怀袖，时时展观，可见宝爱珍重。字不灭，纸上字不灭如新，心中字不灭如新。

7.一心抱区区：区区，方寸，犹言人心。方寸之心，永怀方寸之爱。惧君不识察：一纸书札，珍藏怀袖三年，可见三年间再无只字片纸到来。故人或许早已忘记诗人。诗人温柔敦厚，不做此想。诗人只说：我一刻未曾忘记你，我只担心你不知我的"未曾忘记"。对于这位长夜不眠的孤独诗人，忘掉一些事，或许会更轻松。但他选择记住。

〔诗旨〕

张庚:此妇人以君子久役不归而致其拳拳也。

姜任修:惧交不忠而怨长也。

[外传]

《古诗十九首》里最好的诗,都写某种无须回报的隐忍和决绝。一个人决定担起所有重担,才有那种隐忍和决绝。等待、盼望、记忆,全都无比沉重。可是,总得有人把它们担起来。选择担荷的人,都是孤胆英雄。没有他们,爱与生活将会分崩离析。到那时,所谓世界只剩下刻薄寡恩的丛林故事。

《孟冬寒气至》可以和《庭中有奇树》《涉江采芙蓉》《客从远方来》构成一组。它们都写不能相见的相思,都写一个思念者为了守住思念,创造了美丽的仪式。《庭中有奇树》的仪式,是为远方人折下一朵绝艳之花,让自己馨香盈怀袖。《涉江采芙蓉》的仪式,是因为心怀故乡,而在异乡涉江采芙蓉。《客从远方来》的仪式,是把来自远方的锦绮裁成锦被,绣上鸳鸯,一针一线,都是在分离的无可奈何里讲述重逢、相守的希望。《孟冬寒气至》的仪式,是对一封信的珍视。

年轻时读诗,总喜欢往深处僻处想。读到"置书怀袖中,三岁字不灭",我的第一个反应是:可见三年来再无第二封信到来。由此推想开去,可见寄书之人的健忘。信上不是写着"长相思""久别离"么?何以从此再无嗣音?可见寄书之人的客套,乃至虚伪。这么一路想下去,就觉得那个"置书怀袖中"的诗人真傻真可怜真天真:他竟不知自己的深情是唐捐了?他难道真以为思念换来的也是思念?他难道从没想过,自己

的思念指向的可能是虚无?想到这儿,就觉得没什么好想了,干脆把诗扔到一边。年轻人,喜欢"聪明""深刻"的东西。《古诗十九首》里的诗人,太厚道,厚道的人总是显得不太聪明、太不深刻。

后来,多少见了些世面。见了些世面的意思是,在书里见识了往昔时代的刻薄寡恩,在书外见识了这个时代特有的刻薄寡恩。刻薄寡恩式的聪明,惯于发现、剖析、审判世界的恶。惯于指控世界之恶的人,除了可以陶醉于自己的深刻,还可以一劳永逸地替自己卸下爱世界的责任:既然没有什么真正的、纯粹的美好,那也就没什么东西配得上我的爱。

我刚刚写下一段晦涩的话。我只能用这样的句子描述我见过的那些"世面"。到处都能看见那种刻薄寡恩式的聪明。比如在我熟悉的大学里,老师极其聪明地为学生分析一首诗,分析的目的,是让学生丧失爱一首诗的能力。因为老师自己就不爱。我受到的最初的诗歌教育,就来自这样的老师。从他们那里,我学到的不是读诗,而是熟练使用社会学术语、经济学术语,以及各种版本的阶级斗争术语。我养成的阅读习惯,就是用各种术语把诗大卸八块,然后发现里面空无一物,然后冷笑一声,转向下一首。不只是对诗,对整个世界,我也习惯于拆解。说实话,当一个人的头脑里装满了那些术语,除了拆解,他几乎无事可做。拆解的效果是,所有那些跟爱和正义有关的事情,都失去了光彩。无论在哪里听到、看到、读到这类事情,我都能凭借拆解技艺,一眼看穿它们。在大学里,人们把这种看穿称为深刻。看穿,会给人带来解放感:既然没人会尊敬被自己看穿了的东西,既然没什么东西没被看穿,那么,也就没什么东西值得尊敬、爱。不能爱,不能尊敬,不是我病了,而是世界病了。

这就是我所见过的"世面"。我就带着这"世面"赐给我的教诲生活了好些年。那些年里,我到处运用刻苦习得的刻薄寡恩的聪明,努力看穿一切。慢慢地,我觉出哪里不对劲。我引以为傲的"看穿力",可能只是让我看不见任何东西。打个比方吧。一双可以看穿一切的眼睛,就像一部 X 线胸透仪。带着这样的眼睛走进人群,我看不到或美丽或丑陋的男人、女人。我根本就看不见人,只能看见一堆堆骨骼、内脏、血液和油脂。骨骼、内脏、血液和油脂,或许也是真实世界的一部分。但我错过了更加真实的事情:那些活生生的男人和女人。

我看穿了自己的"看穿力"。从那时起,我厌倦了刻薄寡恩式的聪明。我试着重读那些厚道的诗,比如《古诗十九首》。我发觉,诗里的厚道非但不乏味,甚至有一种惊心动魄的勇猛。每一个厚道的句子背后,都有一位厚道的诗人。每位厚道的诗人似乎都要守住些什么。见过很多"世面"之后我才知道,守住什么,远比看穿什么更需要勇气。我的经验告诉我:守不住想要守住之物时,人们往往选择看穿它;疲弱贫血的人,特别容易看穿一切。

《古诗十九首》里,没有看穿者,只有守护者。《孟冬寒气至》的诗人想要守住什么呢? 他想守住一个好消息。

"孟冬寒气至,北风何惨栗。愁多知夜长,仰观众星列。三五明月满,四五蟾兔缺。"这又是一个孤独的愁苦的人,又是容易让人孤独愁苦的冬夜。

"客从远方来,遗我一书札。上言长相思,下言久离别。"就在孤独愁苦的时候,他收到一封信。信,让这个孤独愁苦的人知道自己仍然

活在爱里。"长相思""久离别",这六个字告诉诗人,在用孤独和愁苦包裹着他的时空之外,还有跟他有关的爱意。对他来说,这是个莫大的好消息。

"置书怀袖中,三岁字不灭。一心抱区区,惧君不识察。"于是,这个孤独愁苦的人,就认真守住这个好消息。他无比珍视这信。珍视的方式,不是紧锁密藏,而是贴身携带,时时展读。只有这样,那个好消息才是永远鲜活的好消息,跟他有关的好消息,而非陈年往事,或虚假幻觉。这个在孤独愁苦的时候收到好消息的人知道,守住这个好消息,就是对它的回报。

《孟冬寒气至》就是这么简单的诗。一个人,用三年守着一个好消息,或许还会一直守下去。其实,只要他足够"聪明",本可以在几秒之内"看穿"那个好消息。

1927 年 6 月 1 日,王国维自沉于颐和园昆明湖。

关于静安先生的死因,报纸坊间流布着各种传闻。有人大谈他与罗振玉的私人恩怨,有人剖析他对革命、进步的恐惧,有人赞颂他对清朝皇室的忠诚。不久,陈寅恪发表了著名的《王观堂先生挽词并序》。序言里,他斩截地说,静安先生的死是殉道:

> 凡一种文化值衰落之时,为此文化所化之人,必感苦痛,其表现此文化之程量愈宏,则其所受之苦痛亦愈甚;迨既达极深之度,殆非出于自杀无以求一己之心安而义尽也。吾中国文化之定义,具于《白虎通》"三纲六纪"之说,其意义为抽象理想最高之境,犹

希腊柏拉图所谓 Idea 者。若以君臣之纲言之,君为李煜亦期之以刘秀;以朋友之纪言之,友为郦寄亦待之以鲍叔。其所殉之道,与所成之仁,均为抽象理想之通性,而非具体之一人一事。(陈寅恪《寒柳堂集》,上海古籍出版社,1980 年 5 月第 1 版,第 6—11 页)

依照当时流行的新闻腔调,静安先生通常被刻画成木讷守旧的老学究。没人敢对他的学问说三道四,但人人都觉得有资格嘲笑他的胆怯,惋惜他的愚忠。陈寅恪根本不理会这些自作聪明的下流评论。他直接指出了静安之死的精神意义。当时的汉语知识界已经贫瘠到这种地步:人们几乎没有能力理解党派斗争、阶级革命、美元卢布、舰艇坦克之外的任何事情;人们不能理解更不能容忍任何精神事务、精神痛苦。陈寅恪说,静安先生的死,恰恰是一桩超出流俗心智理解范围的精神事件。

静安先生的忠与殉,当然与清皇室有关,但不止于此。一个存在了几百年的王朝固然真实,一种绵延了几千年的文化、信仰同样真实。对于关心军队和选票的政客而言,前者才是唯一的真实。对于活在文化、信仰之中并且受其塑造养育的人而言,无形的文化、信仰远比有形的王朝更真实。两种真实,几乎不可能放到一起比较、讨论。在一些人眼里真实不欺的事情,在另一些人眼里只不过是蠢话、谎言。当时的知识氛围是,从学术领袖到半文盲,人们争抢着戳穿"中国文化",把它拆解成蠢话、谎言。层出不穷的戳穿、拆解出现于高文典册,也充斥于街头小报,构成当时的智力狂欢。偏偏,陈寅恪说,那个似乎早已被戳穿的文化是真实的。只不过,这种真实不会对所有人显现。唯有"为此文

化所化之人"才能真切地看到它,珍重它,疼惜它。静安先生就是这样的人。

稍稍了解静安先生生平的人都知道,早年的静安先生并非木讷守旧的学究。

35 岁之前,静安先生醉心西洋哲学。出生于 1877 年的静安先生,也和他的同代人一样,有过但从域外觅真理的经历。只不过,那个时代的大多数青年关心的,是所谓"富强"之真理。静安先生的独特之处是,"富强"之外,他还关心灵魂问题。他说自己少年时代多病多愁。他希望找到某种哲学,可以安顿一颗敏感愁苦的心。在他看来,哲学若与心灵无涉,充其量只能算是政治学、社会学。正是带着心灵的饥渴,静安先生发现了康德、叔本华,尤其是叔本华,一读就是十年。

1911 年,静安先生随罗振玉东渡日本。就在这一年前后,他的学问发生了著名的转折。此前,他是爱谈善谈的哲学青年;此后,他成了整理古籍古物的沉静学者。关于这个转折,同辈人张尔田有一段生动的记述:

> 忆余初与静庵定交,时新从日本归,任苏州师范校务,方治康德、叔本华哲学,间作诗词。其诗学陆放翁,词学纳兰容若。时时引用新名词作论文,强余辈谈美术,固俨然一今之新人物也。其与今之新人物不同者,则为学问。研究学问,别无何等作用。彼时弟之学亦未有所成,殊无以测其深浅,但惊为新而已。其后十年不见,而静庵之学乃一变。鼎革以还,相聚海上,无三日不晤,思想言论,粹然一轨于正,从前种种绝口不复道矣。(《王国维全集》第 20 册,

263 页,浙江教育出版社,2010 年)

至于转变的原因,今天已很难理清。罗振玉的劝说和引导肯定起了作用。更要紧的,可能还是静安先生的心灵世界发生了某种改变。他在写给沈曾植的信里提到了这个变化:

> 国维于吾国学术,从事稍晚。往者十年之力,耗于西方哲学,虚往实归,殆无此语。然因此颇知西人数千年思索之结果,与我国三千年前圣贤之说大略相同,由是扫除空想,求诸平实。(《王国维全集》第 15 册,第 68 页)
>
> ……
>
> 每从蕴公处得读书疏并及诗翰,读"道穷诗亦尽,愿在世无绝"之句,始知圣贤仙佛,去人不远。(《王国维全集》第 15 册,第 69 页)

早年的静安先生,相信在此处之外的某个别处有一个真理,只要找到它,就可以安顿一颗不安的心。这就是他所谓的"独上高楼,望尽天涯路"。为了找到那个真理,他上下求索,苦读苦思。正所谓"衣带渐宽终不悔,为伊消得人憔悴"。人至中年,他发现所谓"真理"并非悬浮于世界之上的某个现成之物,"真理"不可能被找到、摘取,只能从生活中涌现。正因如此,不必执着于"真理"在西方抑或在东方。相似的"真理"可能在不同的地方涌现,只要那些地方有过深厚的生活。所以他说:"西人数千年思索之结果,与我国三千年前圣贤之说大略相同。"静安先生的中年转折,可能与这个洞见有关。这个洞见的核心,是摆脱了

对"真理"为现成之物的执念，也顺便摆脱了东西之争的执念。摆脱两种执念，接下来的事情，就是回到深厚的生活，领会时时涌现的活泼泼的"真理"。用静安先生的话说，就是"圣贤仙佛，去人不远"。当然，他还有一个更著名的譬喻："众里寻他千百度，回头蓦见，那人正在灯火阑珊处。"关于静安先生的"三境界"说，已经有太多解读。我认为，他可能是用三句词表达自己的心灵转变：先是望向彼岸，终于回到生活。

"众里寻他千百度，回头蓦见，那人正在灯火阑珊处"，这可能是中年静安先生收到的一个"好消息"。这个"好消息"，让他得以暂时从青年时代的惶惑中抽身出来。中年以后的静安先生，仍然敏锐易感。但他不必再把自救的希望寄托于某一个人、某一本书。让他暂得安歇的，是一种深厚的生活。陈寅恪所谓的"中国文化"，就是这种生活的精神实质。深厚的生活，曾经切实发生过，也曾留下无尽的遗迹。整理遗迹，既是向那生活致敬，也是向那生活求援。为何要向它求援？因为当下的世界正在分崩离析。

学者时代的静安先生做的工作，止是向那种曾经涌现"真理"的生活致敬。他写《殷周制度论》，便是意在揭示那种生活中蕴含的精神价值。他的大多数论文，严谨、清晰、冷静，扫除高论、空谈。他用勤苦的工作护惜安阳、敦煌、居延的断简残编。因为哪怕一纸一字，都是灯火阑珊处那人的雪泥鸿爪。

静安先生特别喜欢沈曾植的一句诗："道穷诗亦尽，愿在世无绝。"他经常劝说老前辈沈曾植多写点儿东西，写论文、写诗，都好。因为"诗"是"道"的纪念碑，也是"道"的遗迹。"道"崩坏，"诗"也必将崩坏。等到人们连纪念碑和遗迹都不知护惜的时候，"道"也将彻底被遗忘。

静安先生用沈老的诗劝说沈老:为了值得护惜的"道",也请护惜人间的"诗"。只要"道"不穷,一纸一简中皆有"诗"在。

前些年研读静安先生的著述,时常心生感慨。读到那句"道穷诗亦尽,愿在世无绝",一下子想起《孟冬寒气至》。静安先生不就是那个在凛凛岁暮里孤苦彷徨的诗人么?正自孤苦彷徨,他收到一个"好消息":"众里寻他千百度,回头蓦见,那人正在灯火阑珊处。"为了守护这个"好消息",他用了半生时光。"置书怀袖中,三岁字不灭",他尽力护惜与那个"好消息"有关的一纸一字,岂止三年而已。终于不忍看它分崩离析,殉之以死。

再后来,静安先生的"愚忠",就成了聪明的戳穿家们的谈资。那就是一个与诗无关的不堪的故事了。那样的故事,发生于没有好消息的凛凛岁暮,刻薄寡恩的凛凛岁暮。

孟冬寒气至　北風何慘慄

愁多知夜長　仰觀眾星列

三五明月滿　四五蟾兔缺

客從遠方來　遺我一書札

上言長相思
下言久離別

置書懷袖中　三歲字不滅

一心抱區區　惧君不識察　丁謙

［诗可以兴］

读赫拉巴尔

博胡米尔·赫拉巴尔(Bohumil Hrabal, 1914—1997)的书，没法选出哪本最好，我只记得，哪一本的哪个段落在哪个瞬间让我心疼。《过于喧嚣的孤独》里那个废纸打包工，在自己的地下室里抵抗地上世界。那个地上世界，是暴行发生的地方。人们让暴行发生，又迅速地遗忘。地上世界的逻辑是，凡被践踏、毁灭的，都是从未存在的。那个废纸打包工，在自己的废纸王国里对抗地上世界的逻辑，对抗遗忘。他要记住自己的小姑娘，也要记住毁掉小姑娘的人。

天地不仁

那时，我仁

我的小姑娘还没回来

他们把她扔进了毒气室

我把他们的小册子

扔进碎纸机

我有成吨成吨的小册子

扔也扔不完

欢呼着的男女和儿童

欢呼着的老人

欢呼着的工人

欢呼着的农民

欢呼着的党卫队队员

欢呼着的士兵

解放但泽的元首

解放华沙的元首

解放巴黎的元首

宅邸里的元首

庆丰收的元首

元首和他的狗

元首和他的兵

视察大西洋的元首

去往东方和西方的元首

俯身看地图的元首

这样的小册子

扔也扔不完

可是我的小姑娘还没回来

我的小姑娘从不欢呼

她一无所求

除了给炉火添柴

炖一锅土豆马肉

坐在门口等我回家

我忘了她的名字

天地不仁

我也不仁

十八

客从远方来

客从远方来

客从远方来，遗我一端绮。[1]

相去万余里，故人心尚尔。[2]

文彩双鸳鸯，裁为合欢被。[3]

著以长相思，缘以结不解。[4]

以胶投漆中，谁能别离此。[5]

〔诗脉〕

1.一端绮:二丈为一端。

2.尚:犹。尔:如此。相去万里,故人恋恋之心尚如此。

3.文彩双鸳鸯:故人所寄之绮上,有鸳鸯之文。裁为合欢被:以鸳鸯绮,裁成合欢被。

4.著以长相思:著,充。长相思,即棉絮,取绵绵之意。缘以结不解:缘,缝饰其边缘。结不解,缝纫之丝缕,结而不解。故人赠我鸳鸯绮,我乃裁成合欢被。故人之美意,我默契于心。以美物裁成美物,才不负故人。

5.以胶投漆中:以胶和漆,胶漆坚固,难解难分。谁能离别此:此心彼心,谁能离别。两人相去万里,两心不能离别。

〔诗旨〕

张庚:此感恩而自言其历久不忘也。

姜任修:美合志以止离心也。

[外传]

《古诗十九首》讲相思，讲乡愁，讲春情，讲年华逝去，讲及时行乐。所有这些感喟合到一起，无非是讲对"日常生活"的守护。"日常生活"，是那种健壮的、人性充盈的生活，是那种当喜处喜当悲处悲的生活，是那种人间烟火里闪着神光的生活。

年轻时，总是对日常生活不耐烦。等到经过些事，读过些书，方才恍然大悟：看似平庸的日常生活，才是最值得守护，也最难守护的东西。

灾难和暴政的邪恶之处，就在于剥夺人们的日常生活。剥夺日常生活的秘诀，不在于把某种新事态强加给生活，而在于腐化心灵，使之丧失秩序。

日常生活里，我们努力爱一个人，不能相爱时，努力记住那个人和那份爱。灾难和暴政，则要把我们驯化成仇恨的动物。被驯化的我们，可能为了生存倾轧邻人，为了某个空洞的观念揭发恋人和父母，还可能以恪尽职守为名按下毒气按钮。被驯化的我们，仍然活着，甚至可能活得营养过剩红光满面威风凛凛怡然自得。但那不是生活，我们已经忘了生活该有的样子。

守护日常生活，首先意味着，记得生活该有的样子。记得的意思是，尽此生之力，不把那个样子忘掉。无论灾难和暴政如何威逼、引诱，都不忘掉。因为一旦忘掉，我们就被拖入某种非人性的状态，我们就只能滞留于被暴政挟持的假生活里。

《奥德赛》里，凡被塞壬歌声诱惑的人，便会葬身荒岛，变成累累白骨。因为他们在女妖的歌里忘了回家。唯有奥德修斯，事先用蜡球封住同伴的耳朵，再让同伴绑住自己的手脚。这样做，只为不让自己忘记家，不让自己忘掉"在老家的床上死去"的愿望。一部《奥德赛》写满了英雄壮举。所有这些壮举，无非为了回家，为了重回日常生活。

《千与千寻》里，小女孩的父母因为贪吃变成猪。他们忘了自己是谁，忘了本来的生活。他们可以随心所欲地吃，但那种随心所欲把他们囚禁。他们成了自己肠胃的囚徒。拯救之道只有一个：重新记起自己的名字。不忘掉名字，重新记起名字，这是小女孩千寻的英雄壮举。

《纳尼亚传奇》第 6 部里，C.S.路易斯写过一个关于"记住"的故事：

卡斯宾王子垂垂老矣，唯一的儿子不知所踪。阿斯兰命令尤斯塔斯和吉尔寻找失踪的小王子。他们一路寻到沼泽，结识了几位朋友。朋友们险些成为巨人的盘中餐。为逃避巨人的追捕，大家下到绿女巫的地底世界。地底世界是绿女巫魔法所造，里面有假的太阳，假的天空。绿女巫的子民全都相信，这是唯一真实的世界，没有第二个世界。绿女巫有魔法，还有蛊惑力，臣民们从不怀疑她的话。阿斯兰的孩子们也快要相信了。相信的标志，是彻底忘了外面的世界。更要紧的是，活在这个假的"真"世界，是一个很大的诱惑。朋友们快要抵挡不住这个诱惑了。唯一的逃脱希望，是他们对真实世界以及阿斯兰的一点记忆和信心：

浦都格伦还在苦苦挣扎。我不大明白你们说的只有一个世界是什么意思,他说话的样子就像是一个呼吸困难的人,你可以弹拨那个琴,直到把手指都弹破,仍然无法使我忘记纳尼亚,忘记整个地上世界。我们将再也看不到它了,我毫不奇怪。你也许已经把它毁灭了,让它变得像这里一样黑暗,也说不定。很有可能的事儿。但我知道自己到过那里。我见过满是繁星的夜空。清晨我看见太阳从大海上升起,夜晚又落到群山背后。我看到过正午高挂在天上的太阳,阳光灿烂,我都不敢抬眼去看。

假如我们只是曾经梦见过,或者是编造出来所有那些事物——树木、青草、太阳、月亮、星星,还有阿斯兰本人。假如我们只是梦到的。那么,我所能说的就是,那些编造出来的事物看来要比真实的事物重要得多。假如你这个漆黑的深坑王国就是唯一的世界。好吧,它给我的印象不过是一个可怜兮兮的地方。想到这里,还真的十分好笑。假如你是对的,我们都是在玩游戏的小孩子。但四个玩游戏的小孩子可以玩出一个游戏世界,使你的真实世界变为虚幻。这正是为什么我要站在游戏世界一边。即使那里没有阿斯兰的领导,我也要站在阿斯兰的一边。即使没有纳尼亚,我也要努力像一个纳尼亚人那样活着。所以,多谢你为我们准备的晚餐。如果两位先生和这位年轻女士准备好了,我们将立刻离开你的宫廷,在黑暗中出发,用我们的一生来寻找地上的世界。我认为,尽管我们的生命非常有限,假若那个世界真的像你所说的那

么枯燥乏味,早些离去也并没有多大损失。(刘易斯,《纳尼亚传奇·卡斯宾王子》,向和平译,天津人民出版社,2014年3月)

那个绿女巫控制的地底世界,有太阳有天空的地底世界,就是人间暴政谎言的隐喻。它是一个世界,甚至是一个完整的世界,却不是真实的世界。它向人们索取忠诚,要求人们遗忘、背叛真实的世界。童话里,这样的世界由魔法建造。童话之外,这样的世界由词语建造。暴政谎言就是一个由词语编织而成的"次级世界"。它不是谎言,而是系统的谎言,是可以循环自证的谎言。所有被它捕获的心灵,只能活在这张想要取缔世界的词语之网里。从此,"次级世界"取代了世界本身,暴政谎言批准的生活取代了生活本身。活在里面的人,陷进被词语扭曲的生活。词语可以把生活扭曲到什么程度? 它可以把奴役扭曲成自由,可以把堕落扭曲成解放,可以把真理扭曲成谎言,可以把谎言扭曲成真理。

童话里,朋友们逃离地底世界的希望在于对树木、青草、太阳、月亮、星星、阿斯兰的记忆。

高尔泰的《寻找家园》里面有一篇《安兆俊》,那是一个真实发生过的关于"记住"的故事。

安兆俊是历史学家,也是高尔泰在夹边沟农场的前辈难友。1958年,高尔泰才22岁。人到中年的安兆俊鼓励他"不光要活下去,还要活出意义来"。

安兆俊给高尔泰讲了很多农场见闻。著名演员偷别人的馒头。大音乐家涎着脸乞求一丁点儿施舍。在外国拿了两个博士学位回来的

学者,为抢着刮饭桶,打架不要命。有人告密。有人自残。有人一年到头不洗脸不梳头不补衣服。总之,在这样的环境里,人们很容易就变得不成样子。

几年之后,高尔泰重回农场,安兆俊已死。有人向他讲述了安兆俊死前的样子:

> 那家伙迂得很,已经不行了,还要天天擦脸梳头。蘸一点儿杯子里喝的开水,就这么擦。分饭的时候别人都到手就下肚子,他还要找个地方坐下来吃。不管是什么汤汤水水,都一勺一勺吃得人模人样。别人都躺在炕上,他不到天黑不上炕,在门外地上铺一块东西,背靠墙坐着看天。有时候还要唱点歌,咿咿呀呀的,不知道唱的什么。他就是这么坐着死的。

在那个时代,只有安兆俊努力记住人的样子。记住人的样子,无非是拼死守住日常生活。

《客从远方来》就是一首关于"记住"的诗。诗里的两个人,远处世界的两端:一个郑重其事地馈赠,一个郑重其事地摩挲、欣赏那份馈赠,都是想要守住一份记忆。饱经世事的人都知道,记住,不是一件容易的事。灾难和暴政,喜欢善于忘记的动物。

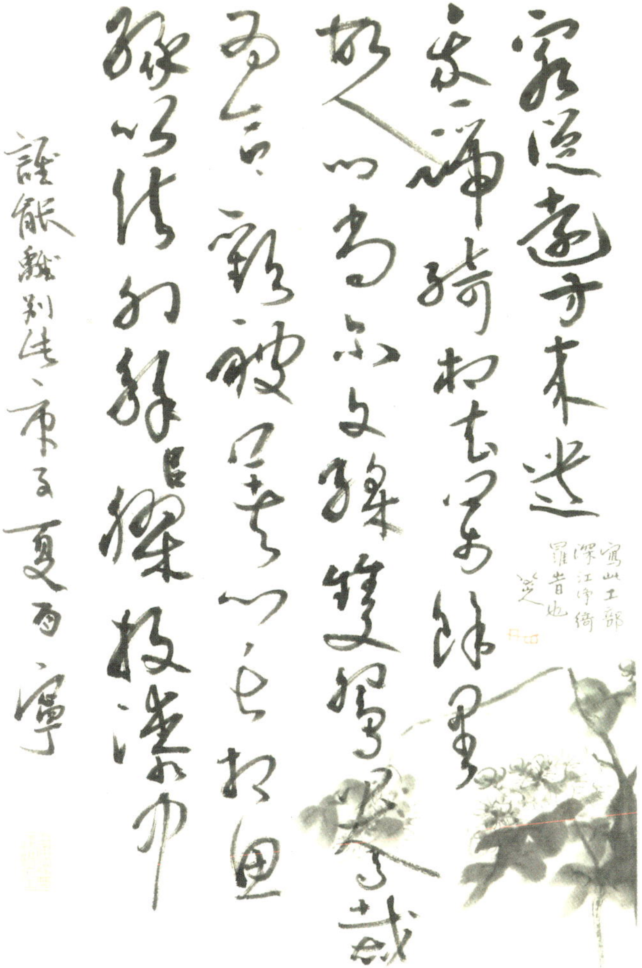

[诗可以兴]

拟客从远方来

清晨或深夜祈祷过的人都知道，一次祈祷，就是一封信，寄给一个看不见的亲人。然后，盼望回信。

只要关于你

我什么都想知道

一个世界也好

一行字也好

再琐细也不嫌琐细

特别是在

鸣鸡吠犬千里不闻的

命运冻结的冬天

不必给我温暖

我已用一生的冬天学会

度过一个冬天

烈酒炭火匕首

带血的肉

凝望，等

所以我不需要温暖

我等的不是那些

我在等一朵

不灭的花

关于它

我什么都想知道

只要雪地上

尚有时间流淌

十九

明月何皎皎

《古诗十九首》第一首，等待一个不回家的人；最后一首，思念一个回不去的家。

明月何皎皎

明月何皎皎，照我罗床帏。
忧愁不能寐，揽衣起徘徊。
客行虽云乐，不如早旋归。
出户独彷徨，愁思当告谁。
引领还入房，泪下沾裳衣。

〔诗脉〕

1.罗床帏:以罗绮为帏。

2.揽衣:持衣。

3.客行虽云乐,不如早旋归:旋,归。陶渊明《庚子岁五月中从都还阻风于规林》其二:"久游恋所生,如何淹在兹。静念园林好,人间良可辞。"客行不乐而思归,不如客行虽乐而思归。后者无端而发,亦不得而解。

4.出户独彷徨,愁思当告谁:此心此愁,无可告诉。

5.引领还入房,泪下沾裳衣:引领,殷殷远望。远望而无所见,乡思更烈。

〔诗旨〕

张庚:此写离居之情。

姜任修:伤末路计无复之也。

拟明月何皎皎

陆机

安寝北堂上，明月入我牖。

照之有余辉，揽之不盈手。

凉风绕曲房，寒蝉鸣高柳。

踟蹰感节物，我行永已久。

游宦会无成，离思难常守。

[外传]

　　《古诗十九首》的好，就好在用安详透明的语言展示了生活中那些性命攸关的时刻。生活中总有这样的时刻，外部的苦难、内心的忧愁快要把我们击垮。击垮的意思是，我们或许仍旧活着，但我们再也无力活出秩序。我们甚至逃避秩序，宁愿让仇恨、怨愤、怠惰、谎言填充心灵。似乎只要再多一秒，我们就沦陷了。可就在那个瞬间，我们竟重又振作起来，重又找回生活该有的样子。这样的时刻，我想称为生活的神性瞬间。神性瞬间，并不非得哭天抢地、跪拜、歃血，也无须什么神圣庄严的情节故事。神性瞬间可能发生在日常生活的任何时刻，在那样的时刻里，一个人不是忽然像神，而是比从前更像人，更有人的样子。只要对人性历史稍有了解，你就知道，人在很多时候，不那么像人。路易斯在《纳尼亚传奇·魔法师的外甥》里讲了一个童话版的创世故事。造物主阿斯兰对他拣选的灵性造物说："我把你们从野兽中挑选出来。你们要善待它们，珍惜它们，但不要回到它们中去。回到它们中就和它们一样了。不要回去。"经历过两场人类大难的路易斯深知，像一个人那样去生活，这件事有多难，多么具有神性。

　　《古诗十九首》讲了十九个日常生活的故事，展现了日常生活的十九个神性瞬间。

　　《行行重行行》那句"努力加餐饭"里，有一种健壮的等待。健壮的

等待，是不被怨恨毒化的等待，是带着爱和盼望的等待。《冉冉孤生竹》《凛凛岁云暮》中同样有这种等待。

《青青河畔草》那位"盈盈楼上女"，让读者领略到不屈亦不熄的生机，正是那生机，让一个柔弱女子熬过侮辱与损害，倔强地绽放自己的美丽。

《今日良宴会》《明月皎夜光》里的饮酒者、失眠者，像极了这个时代常见的职场中年。他们随波逐流和独善其身之间挣扎徘徊。他们发现，独善其身基本是奢望，随波逐流又心存不甘。于是，他们很可能陷入某种"高洁的颓唐"。《明月皎夜光》就写这种颓唐。《今日良宴会》则写两个高洁的颓唐者相遇，相知，彼此唤醒，从颓唐中振作起来。那句"何不策高足，先据要路津"，从道德正确的角度讲何等粗鄙。可是对两个高洁地颓唐着的人来说，这样一声狮子吼，又是何等有力。

《青青陵上柏》《回车驾言迈》《驱车上东门》《去者日以疏》《生年不满百》都讲生死。它们写的是人从各种关于生活的谎言中醒来的故事。不从谎言中醒来，人就看不见真的生活。在这些诗里，死亡成了生活的教育。死亡首先教人认识"虚无"。唯有真的认识"虚无"的人，才能从种种虚妄的谎言中惊醒。真正从"虚妄"中醒来的人，会发觉各种谎言所承诺的"伪意义""伪不朽"是如此乏味。于是，他可能由此重回热乎乎的真正的生活。

《西北有高楼》《东城高且长》《迢迢牵牛星》里各有一个渴望相遇的灵魂。《东城高且长》的诗人，让相遇的渴望战胜放纵的欲念。"驰情整中带，沉吟聊踯躅"，这份渴望让他整饬衣襟，其实也召唤他整饬生活。《迢迢牵牛星》的诗人从暌隔的星辰想到了永难玉成的渴欲。"盈盈一水间,脉脉不得语"是对这"永难"的担荷。

《庭中有奇树》《涉江采芙蓉》《孟冬寒气至》《客从远方来》是对故乡、故人的思念。没出息的思乡者,是那种以思乡为名诅咒生活的人。伟大的思乡者,会像热爱故乡那样,在异乡看见盛大的美好。他在异乡的行走、跋涉、注视、采撷都是思乡的仪式。没有这样的仪式,他的思乡很可能只是虚伪的逃避。思念故乡,就请在异乡"涉江采芙蓉",就让等待还乡的自己时时"馨香盈怀袖"。

《明月何皎皎》是《古诗十九首》的最后一首。这也是一首关于想家的诗。《古诗十九首》的第一首,家中人等待一个不回家的人。《古诗十九首》最后一首,离乡人思念一个回不去的家。"客行虽云乐,不如早旋归",或许是所有异乡人的心声。奥德修斯在女神卡吕普索的岛上,或许也会唱出这样的歌。

所有伟大的文学传统,都有很多想家的诗。所有伟大的文学传统里,想家都不只是一种生活心理,还是一种灵性象喻。不只有空间上的异乡才让人想家。对于很敏锐的心灵而言,精神上的异乡更让人痛苦。

《明月何皎皎》里的诗人究竟思念一个空间上的家,还是精神上的家?根本无从计较,更不必计较。当他唱出"客行虽云乐,不如早旋归",他已经说出了对"家"的看法。家,不是仅仅意味着生存的满足。人恰恰会在拥有生存满足时想家。想家意味着,他从眼下的热闹繁华中看见了无可弥补的亏缺。正是这种亏缺,让他在惯性的生活中忽然丧失了"家感"。当然,唯有在丧失"家感"的那一刻,他才真正开始思索什么是家。思索什么是家,便是思索何谓生活。

人的可怜之处和奇妙之处都在于,他是且只能是一种"两栖"动

物。他不可能仅仅侍奉、满足任何一种单一生活。他渴望土地和牛羊，也渴望神。他需要享乐，也同样需要受苦。他恋慕妻子，也想念妈妈。他追求富足，却也忍受不了精神的贫瘠。他要填饱欲壑，可他常常发现，还有比欲壑更难填满的东西。耕耘和仰望，他得在两种姿势之间频频切换，有时则是无尽的挣扎。没有哪一种生活能让他找到确信不疑的"家感"。于是，他时时可能在志得意满之际，发现自己其实流离失所。"客行虽云乐，不如早旋归"写的就是这种志得意满时的流离失所。这是一个痛苦的发现，也是一个神性瞬间。没有这样的瞬间，他可能在志得意满中回到野兽中去。

《古诗十九首》终究没有一首写了回家。《古诗十九首》里的每个人，都在丧家感中苦苦挣扎、自救。不曾经历丧家之感的人，又怎能知道什么是回家呢？

《魔戒》里，四个霍比特人真的拯救了夏尔。山姆从精灵那里带来了神奇的树种，被邪恶糟蹋的夏尔重焕生机。故事的最后，山姆送别佛罗多，独自回家。屋内有炉火，晚餐已备好，妻子迎他进屋，把孩子放在他的膝头。山姆深吸一口气，说："啊，我回来了。"

《古诗十九首》里的人，正像山姆那样，在远征的路上想念家，也在思乡的煎熬中认出真正的家、真正的生活。从这个意义上说，《古诗十九首》的每一首，都是关于回家的诗。只要守住回家的渴欲，一餐一饭之中，都有英雄气概。

明月何皎皎，照我羅床幃。
憂愁不能寐，攬衣起徘徊。
客行雖云樂，不如早旋歸。
出戶獨彷徨，愁思當告誰。
引領還入房，淚下沾裳衣。

〔诗可以兴〕

斯干

描红。一首关于家的诗。

要过有根的生活

要过结果的生活

要像树

很深很深在地里很高很高伸向天

从来没有世界主义的树

树的主义是它的山它的水它的呼吸

树是世界主义游魂的敌人也是他们的家

要过树那样根深蒂固枝叶扶疏的生活

生活是一桩伟业

不属于游侠和孤胆英雄

生活需要热乎乎的争吵与和好

需要尘土飞扬需要汗流浃背

生活是与兄弟相认的艺术

就在地上学习相认然后相爱
然后筑起热乎乎的房子
在房子里迎接祖先
让祖先听见兄弟们的争吵,和笑
热乎乎的房子是树一样的房子
是连着根的房子

房子挡住风雨挡住鸟和老鼠
挡住的意思是不去斩断
不斩断的意思是永不落幕的恩怨情仇
房子外面的风雨鼠鸟,里面的你
再不情愿,也得学会热乎乎地争吵,和好

房子有房子的命
它们抽枝散叶开花结果
有生之年,你会听见房子耸立房子坍塌
房子的声音早就不是新奇的声音
无非另一种风雨鼠鸟的声音
好的房子是可以重归大地的房子
是风雨鼠鸟的学生

要在你的房子里面结你的果

要在你的床上生养众多

要向祖先祈祷,请教

你也将变成众多男女的祖先

宏大如熊的男人

灵美如蛇的女人

把你的男孩放在床上

给他盖上鲜衣佩上美玉

让全地听见他的哭

要哭多久他才明白玉的意思

要听多久你才明白玉的意思

把你的女孩放到地上

粗布襁褓旁边摆着瓦片

土地卑微么

没有比土地更性命攸关的卑微了

土地是另一种智慧

要替这地上的女孩祈祷

她会让日子生根会让房子变暖

会让生于大地的重归大地

会替男人抵挡男人的聪明

不让他们聪明地搞砸世界

这就是你的男孩女孩

是你大地上的兄弟姊妹

是你树一样的生活

诗·小雅·斯干

秩秩斯干,幽幽南山。

如竹苞矣,如松茂矣。

兄及弟矣,式相好矣,无相犹矣。

似续妣祖,筑室百堵,西南其户。

爰居爰处,爰笑爰语。

约之阁阁,椓之橐橐。

风雨攸除,鸟鼠攸去,君子攸芋。

如跂斯翼,如矢斯棘,如鸟斯革。

如翚斯飞,君子攸跻。

殖殖其庭,有觉其楹。哙哙其正,
哕哕其冥,君子攸宁。

下莞上簟,乃安斯寝。
乃寝乃兴,乃占我梦。
吉梦维何? 维熊维罴,维虺维蛇。

大人占之:
维熊维罴,男子之祥;
维虺维蛇,女子之祥。

乃生男子,载寝之床,
载衣之裳,载弄之璋。
其泣喤喤,朱芾斯皇,室家君王。

乃生女子,载寝之地,
载衣之裼,载弄之瓦。
无非无仪,唯酒食是议,无父母诒罹。